직업으로서의 대필작가

직업으로서의 대필작가

이재영 지음

시월

프롤로그

솔로들끼리 모여 짝을 찾는 프로그램에 자기소개를 하는 장면이 있다. 이름도 나이도 직업도 모른 채 하루를 보내고 드디어 모든 걸 공개하는 순간, 사람들의 표정이 가장 동요하는 건 직업을 밝힐 때다. 어떤 일을 하느냐에 따라 호감과 호기심의 정도가 달라지는 것이 눈에 보인다. 화면으로 보고 있던 나조차 출연자의 직업이 밝혀지면 원래 생각했던 것과 전혀 다른 사람으로 느껴진다.

직업은 누군가를 규정하는 데 큰 요소가 된다. 그 TV 프로그램 얘기를 좀 더 하자면, 자기소개가 끝난 뒤부터 출연진들의 이름 옆에는 반듯하고 명확하게 떨어지는 직업이 붙는다. 솔로도 아니고 솔로일 예정도 없으면서 그 장면을 볼 때마다 생각한다. 내 이름 옆엔 어떤 직업을 붙여야 하는지, 자기소개 시간에 무슨 말을 해야 하는지 말이다. 글을 씁니다, 라고 말하면, 그런데 "무슨 글을 쓰세요?”라는 질문을 받을 것이 분명하다.

나는 대필작가이면서 에세이스트이기도 하고 인터뷰어이자 공연, 캠페인, 공공기관 및 기업 백서 등 각종 기획물의 텍스트를 만들어 내는 사람이다. 지면을 기반으로 순수문학 외에 글로 할 수 있는 모든 일을 한다. 김수환무거북이와두루미급의 길고 긴 자기소개가 필요하다. 자막이 한없이 길어지겠지만 어쩔 수 없다.

한때는 글을 짓는 노동을 한다는 의미로 뭉뚱그려 ‘글노동자’라고 소개하기도 했다. 글을 짓는 게 집을 짓는 것만큼의 육체노동이 필요하진 않아도 글을 쓰는 행위는 분명한 노동이다. 집중해서 머릿속의 것을 꺼내 쓰는 건 생각보다 많은 체력을 소모한다. 기운이 달려 하루 종일 쓸 수도 없다. 그런 의미로 매일 일정량의 원고를 써서 먹고사는 사람이니 글을 쓰는 노동자라는 의미로 붙인 수식이었다. 하지만 내 일을 명확하게 설명하느라 다시 부연해야 해서 쓰지 않게 됐다.

나를 어떻게 소개할지 혼자 고민하는 중에 사람들은 나를 편하게 ‘작가’라고 불렀다. 창작하는 사람이라는 엄밀한 의미가 아니라 글을 짓는 사람이라는 기술적 의미의 호칭이었다. 대부분 ‘작가’라는 단어에 무게를 싣지 않고 산뜻하게 불러 줬다. 불러 주는 대로 그냥 가볍게 들으면 되는데 괜히 마음이 무거웠다. 내가 먼저 이재영 작가입니다, 라고 소개한 적은 단 한 번도 없었다. 작가님, 해서 네, 라고 대답할 때면 괜히 겸연쩍었다. 그 호칭은 상대가 나를 편하게 부르려고 선택한 것일 뿐 내가 상대에게 먼저 말할 수 있는 종류의 것이 아니라고 생각했다. 스스로 어떤 장르의 '작가'라고 온전하게 소개하기 위해서는 그 창작으로 생계를 끌어가야 한다고 생각했다.

말했듯 글과 관련된 많은 일을 한다. 그중에서 나의 삶을 글로 만들어 엮는 것을 가장 중히 여겼다. 2009년부터 내 이름으로 6권의 책을 냈다. 다양한 주제의 에세이를 썼다. 안타깝게도 내 이야기는 생계를 책임져 주지 못했다. 이름 없는 누군가의 삶이 대중의 궁금증을 일으키는 것이 쉽지 않았다. 큰 반향은 없었지만 계속해서 글을 쓰고 싶었고 그래서 포기하지 않았다. 희망을 안고 글을 쓰는 동안 나를 먹여 살려 줄 무언가가 필요했다. 대필은 내가 잘할 수 있는 아주 좋은 일자리였다. 커리어를 쌓아 온 인터뷰 작업에서도 크게 벗어나지 않았으며 무엇보다 글을 돈으로 교환할 수 있었다. 재주라고는 글 짓는 것뿐인데 내가 가진 그 능력으로 돈을 벌 수 있었다. 처음엔 잠깐 하다가 말 생각이었는데 오래지 않아 주객이 전도됐다. 돈과 맞교환할 수 있는 글은 생각보다 더 달콤하고 많이 매력적이었다.

그렇다. 나는 '대필작가'다. 내 이름으로 출간한 책은 이 책을 포함해 7권이지만, 다른 이의 이름표를 붙이고 세상에 나온 책은 그 몇 배다. 사보 기획자로 커리어를 시작해 프리랜서 인터뷰어를 거쳐 2009년 첫 책을 출간한 뒤 단행본 시장에서 대필작가로 자리 잡았다. 아니다. 자리를 잡은 것이 아니라 자리를 잡게 됐다. 긴 시간을 두고 돌아보면 대필로 자리를 잡는 데 나의 의지가 아주 없진 않았지만 의지와 무관하게 흘러갔다고 말하는 쪽이 좀 더 정확하다. 글을 쓰는 사람에게 대필은 애당초 목표가 될 수 없는 장르다.

대필, 누군가를 대신해서 글을 쓰는 일은 참 애매하고 모호한 일이다. 거짓 없이 정직하게 노동력을 들여 하는 일인데 대놓고 말하기가 부끄럽고 조심스럽다. 잘못한 것도 없고 켕길 것도 없지만 양지보다는 음지를 연상하게 하고, 당당함보다는 은밀함이라는 단어와 더 어울린다. 평생을 숨죽여 지내야 하는 형벌을 받은 듯 어쩐지 쉬쉬하게 되는 그런 일이다. 성인이 되어 스스로를 먹여 살리기 시작한 이후 나에게 가장 큰 풍요를 가져다준 일임에도 나는 늘 이 일을 숨기기 바빴다. 의뢰인을 보호해야 한다는 나름의 직업의식도 있었고, 글을 쓰는 사람이 남의 이야기를 대신 쓴다는 것이 왜인지 부끄러웠다.

매일 누군가의 삶을 대신 지어 주면서도 나는 내 정체성에 '대필'이라는 장르를 새겨 넣지 않으려 애썼다. 그러나 이 일은 내 삶에 너무나 큰 부분을 차지하고 있어서 숨겨도 숨겨도 숨겨지지 않았다.

대필작가를 전기작가로 분류하는 외국의 여러 나라에서는 대필을 하는 것이 부끄럽거나 숨길 일이 아니다. 그림을 그리는 사람, 악기를 연주하는 사람, 정치를 하는 사람, 무대에 오르는 사람. 명성을 얻은 사람의 이야기를 글을 짓는 재능이 있는 사람들이 대신 써준다. 물론 그중엔 여러 가지 재능을 한 번에 타고난 사람들이 있어서 자신의 이야기를 직접 쓰기도 하지만 아주 드문 일이다. 작은 바람이 있다면 이 책을 계기로 우리나라에도 대필을 하는 것이 또 대필을 의뢰하는 것이 감춰야 할 일이 아니라 각자의 영역에서 최선을 다하는 것으로 알려졌으면 한다.

대필은 애매하면서 모호한 일이지만 분명히 매력적이다. 글이 돈이 되어서만은 아니다. 한 사람을 온전히 상대하는 일은 내가 성장하는 좋은 기회다. 글을 쓰느라 어떤 사람의 인생을 내 안에 체화시키면서 나의 삶만으로 알 수 없었던 것을 알게 된다. 밀도 있는 간접경험을 하게 된다. 이런저런 생을 가까이에서 경험한다는 건 아무에게나 허락되지 않는 일이다. 대필 경력이 쌓이면서 여러모로 스스로 조금씩 나아진다고 느끼는데 이는 단순히 나이를 먹어 성숙해지는 것과 다른 결의 성장이다.

대필은 어떤 삶도 완벽하지 않다는 걸 깨닫는 과정이기도 했다.

명성의 유무, 부의 유무와 상관없이 저마다의 슬픔이 있고 한결같이 외롭다는 사실은 작은 위안이 됐고, 겸허한 하루를 맞게 해 주었다.

일곱 번 만에 드디어 진짜 내 이야기를 담았다. 대필작가라는 이름에 늘 얇거나 두꺼운 어떤 겹을 씌우고 살았다. 암묵적으로 감춰져야 하는 업이라는 생각 때문이기도 했지만 스스로 인정하지 않은 이유가 컸다. 앞선 6권의 책에서 나는 엄마, 귀촌인, 시골 작은 책방의 주인이라는 정체성을 드러내는 주제로 글을 썼다. 엄마도, 귀촌인도 책방주인도 나이지만 온전히 '나'는 아니었다. 그렇다고 '대필작가'가 온전한 '나'인 것도 아니다. 대필은 나를 살게 하는 업일 뿐이다.

무라카미 하루키의 저서 중에 『직업으로서의 소설가』라는 에세이가 있다. '자전적 에세이'라 이름 붙은 그 책은 무라카미 하루키가 소설가가 되기까지, 된 이후, 소설가로서의 삶과 글에 대해 쓴 책이다. 그 작품을 오마주해 책의 제목을 『직업으로서의 대필작가』로 지었다. '직업'으로 '글'을 쓰는 '일'이라는 점에서 둘은 닮아 있으나, 소설과 대필이 같다고 이야기하는 건 아니니 양해 바란다.

대필로 먹고살고 있는 사람이 어떻게 이 업을 계속해서 끌고 가는지에 대해 이야기하고 싶었다. 직업의 세계는 실로 무궁무진하며 남의 이야기를 쓰는 대필이라는 세계도 있음을, 없는 듯 가려졌던 이 일이 비교적 안온한 직업의 세계임을 알리고 싶었다. 어쩌면 이 일은 오래도록 글을 쓰고 싶은 누군가에게 기댈 수 있는 비빌 언덕이 될지도 모른다. 내가 그랬던 것처럼.

또 하나, 직업을 가진 누구라도 아직 직업을 갖지 않은 누구라도 이 책이 위로가 되었으면 한다. 남과 비교해 별로인 내 일이, 친구들에게 숨기고 싶은 내 일이, 한 번도 원한 적 없었던 내 일이 사실은 나를 바로 세우고 지탱해 주고 있다는 걸 깨달았으면. 나를 먹여 살리고 세상에 해를 끼치지 않는다면 그걸로 충분하다고 한 번쯤 자신의 일을 어루만지는 시간을 가졌으면 한다. 생각해 보면 세상 대부분의 일은 사랑하는 마음에서 시작된 것들이다. 알려 주고 싶은 마음, 도와주고 싶은 마음, 먹이고 싶은 마음, 안전하게 지켜 주고 싶은 마음, 편리하게 살았으면 하는 마음, 편안하게 쉬었으면 하는 마음, 곤란함을 해결해 주고 싶은 마음, 우리가 업으로 삼고 있는 대부분의 일에는 따뜻함이 깃들어 있다는 걸 잊지 말았으면.

아직 직업을 갖지 않았다면 이 책을 읽고 스스로 허락한 직업의 범위를 조금 더 넓히는 계기가 되어도 좋겠다. 여기까지가 좋은 직업이라고 단정하지 말고 그 너머의 일까지도 살펴보기를. 어딘가에 당신이 제일 잘할 수 있는 일이 분명 기다리고 있을 테니 포기하지 않기를.

내 이야기는 크게 사랑받지 못했다. 출간되고 잠깐 매대에 올려졌다가 구석 서가로 옮겨지는 책에게 늘 미안한 마음이었다. 다른 이들의 이름으로 쓴 책은 대중의 사랑을 듬뿍 받으며 훨훨 날아다녔다. 한때 그 둘을 분리했다. 왜 저 사람의 이야기는 사랑받는데 내 이야기는 외면을 받을까 고민했다. 생각해 보면 다른 이들의 책을 쓸 때는 최대한 그의 삶이 솔직하게 빛났으면 했다. 안타깝게도 나의 이야기는 그렇게 쓰지 못했다. 어떻게든 포장지로 가리려 노력했다.

그 포장을 뜯고 진짜 나와 나의 업과 내가 쓰는 글에 대해 이야기할 수 있는 기회를 준 시월 박정우 대표에게 감사를 보낸다. 누구보다 내 글을 기다려 주고, 더 많이 사랑받기를 바라는 친절한 나의 편집자들에게도 마음을 전한다. 당신들이 있어 어떻게든 쓰는 삶을 살고 있어요. 고맙습니다.

나란히 읽고 쓰는 삶을 살고 있는 나의 가족 영우와 소울. 읽고 쓰지 않아도 온전한 삶을 살아 내는 우리 강아지들 하이, 하니, 로카. 우리가 읽은 책이 서로에게 스며들어 다행입니다. 우리 오래도록 불행 중에서 기쁨을 발견하며 살아 봅시다.

프롤로그 4

1부

대필과 ______

대필과 나 16
대필과 행운 26
대필과 사람 38
대필과 관계 48
대필과 소양 60
대필과 마감 72
대필과 돈 84
대필과 갑을 98
대필과 성장 110
대필과 미래 124
대필과 확장 134

대필이라는 일

글 쓰는 게 좋았을 뿐 144
나의 책을 낸다는 건 154
대필작가가 되기까지 164
글과 마음 180
질문보다 듣기 188
말과 문장 사이 194
경험의 쓸모 202
생활의 방식 210

+ 재영'S TIP 1 대필작가가 되려면 216
+ 재영'S TIP 2 대필의 프로세스와 종류 222

맺는 말 오늘의 수고를 다하겠다는 마음 230

1부

대필과

대필과 나

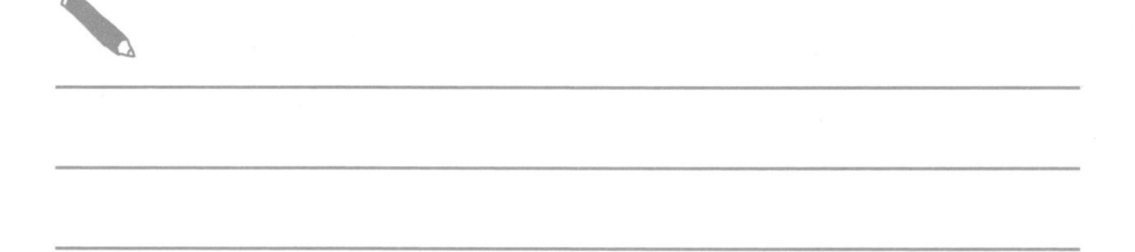

이름 있는 사람들의 말이 나를 거쳐 글이 됐다. 그들과 작업한 책이 차곡차곡 쌓였다. 그것은 나의 커리어이기도 하고 또 아니기도 하다. 분명 나를 관통해 나간 글이지만 나의 것이 아닌 것도 확실하다.

처음부터 나는 그들과 암묵적인 약속을 했다. 당신의 이야기를 쓰는 다른 사람이 아니라 당신이 되어서 당신의 마음으로 쓰겠다고. 일을 하면서 함부로 의뢰인의 이름을 말하지 않으려고 애쓴다. 말하지 않는다고 자신 있게 말하지 못하는 이유는, 커리어가 아니지만 커리어이기 때문이다. 공식적으로 언급하지 않아도 어쩔 수 없이 나의 포트폴리오에 올려놓는다. 일반 대중들에게는 함구하지만 다른 의뢰인들에게는 그동안 내가 한 일을 증명해야 한다. 물론 비밀 유지를 전제로 한다.

그래서 나의 일, 대필은 뒤에 서는 일이다. 유령이라고도 하고 그림자로도 불린다. 처음 일을 시작할 땐 아쉬운 마음이 없지 않았지만 이제 괜찮다. 나는 그저 대신 써 주는 사람이고, 매번 다른 사람들의 인생을 정리하며 스스로 향상된다는 걸 느끼는 것으로 만족한다. 헨리 데이비드 소로는 『월든』에서 인간이 향상하려면 자신의 무식을 항상 기억해야 한다고 했는데 나의 일 대필은 할 때마다 나의 무식을 일깨워 준다. 내가 몰랐던 분야, 영역, 마음, 삶이 있다는 걸 작업할 때마다 깨닫는다. 하나씩 배우고 익히며 의뢰인과 나란히 뛰다 보면 어느새 다음 사람으로 넘어가 있다. 새로운 사람의 새로운 인생을 만나 달리고 또 달리면서 나라는 사람은 조금씩 향상된다.

<길모어걸스>라는 미국 드라마가 있다. 고등학생 때 아이를 낳고 싱글맘이 된 로렐라이와 딸 로리가 중심인물이다. 스타즈할로우라는 마을에서 살아가는 두 모녀와 주변 인물들의 동화 같은 이야기가 정말 좋다. 끝없이 계속됐으면 하고 바랐지만 2007년 7시즌으로 막을 내렸다. 코끝이 매콤해지는 겨울이 오면 늘 전 시즌을 돌려보며 아쉬움을 달랬는데 2016년 넷플릭스에서 후속작으로 봄, 여름, 가을, 겨울 4편이 만들어졌다. 두근거리는 마음으로 방영 날짜를 기다렸다. 다른 무엇보다 로리가 어떤 인생을 살고 있을지 너무 궁금했다.

16살 차이 나는 친구 같은 엄마를 둔 로리, 영특했던 로리, 책을 많이 읽던 로리, 비싼 사립 고등학교에 합격해 어쩔 수 없이 조부모의 경제적 지원을 받아야 했던 로리, 그런 식으로라도 엄마가 부모님과 화해할 기회를 줬던 로리, 예일대학교에 합격한 로리, 저널리스트를 꿈꾸며 대학신문사 편집장까지 맡았던 로리, 자신이 원하는 삶을 꾸려 가기 위해 고군분투하던 로리, 재벌 남자친구와 만남

과 헤어짐을 반복했던 로리는 어떤 어른이 되었을까!

오랜만에 등장한 스타즈할로우 사람들은 자연스럽게 나이 들어 있었다. 현실의 우리가 세월이 지나며 이런저런 변화를 겪는 것처럼 그들도 자기 자리에서 조금씩 다른 모습으로 살아가는 중이었다. 로리만 빼고.

로리는 아, 나의 로리는 아직 취업하지 못하고 방황 중이었다. 불황이 계속되는 21세기, 로리는 예일대 신문사 편집장 출신임에도 좀처럼 취업의 세계로 들어가지 못했다. 학창 시절 뉴욕타임스에 실렸던 기사를 명함 삼아 신문사와 스타트업 언론사의 문을 두드려 보지만 쉽지 않았다. 뭐 이렇게 현실적이야. 망할 대로 망한 것 같은 로리의 모습을 보면서 작가가 조금 원망스러웠다. 더 충격적인 건 로리가 찾아낸 새로운 일이 '대필'이라는 사실.

해외의 경우 전기작가는 단순한 대필작가를 넘어 그 인물에 대한 전문가로 인정받는다. 아무개의 일대기를 집필한 작가 누구에 의하면, 이라는 기사를 어렵지 않게 보게 된다. 『스티브 잡스』와 『일론 머스크』를 쓴 월터 아이작슨은 타임즈가 뽑은 '세계에서 영향력 있는 100인'에 뽑히기도 했다. 그 외에도 역사적으로 알려진 많은 사람들이 전기작가에게 의뢰해 자신의 이야기를 펴냈다.

로리가 전기작가가 되어 대필을 하는 것이 너무 놀라웠다. 그 세계에서 대필은 몰래 써 주는 비밀스러운 작업이 아니라 하나의 장르라는 걸 새삼 인지했다. 누군가의 이야기를 글로 옮긴다는 본질은 같은데, 달랐다.

대필을 맡게 됐을 때 로리는 기쁜 마음을 감추지 못한다. 미디어 재벌집 아들인 전 남친 로건에게도 자랑스럽게 전한다. 로리에게 대필은 완벽한 기회였다. 의뢰인을 만나기 위해 런던까지 날아가 만반의 준비를 하지만 그 일을 계속하지 못한다. 실패와 포기 후 로리는 다시 고향 스타즈할로우로 돌아간다.

그곳에서 로리는 뜻밖의 소식을 듣는다. 더 이상 누구도 관심을 갖지 않게 된 스타스할로우의 지역신문이 폐간된다는 이야기였다. 고민 끝에 로리는 동네 대소사와 세상의 소식을 알려 줬던 스타즈할로우 신문사의 편집장이 된다. 뜻밖의 발견. 기회를 얻기 위해 미친 듯 헤맸으나 결국 기회는 눈앞에 있었다. 어린 시절부터 매일 받아 보던 마을의 작은 신문을 지킬 기회를 얻은 로리는 자신이 발견한 기회를 잘 가꾸며 살아갈 것이다. 더 이상 <길모어걸스> 후속편이 나오지 않더라도 아쉽지 않을 결말이었다.

드라마가 끝나고 다시 원고를 쓰기 위해 노트북을 열고 노동요로 라흐마니노프를 선택했다. 라흐마니노프의 파가니니 주제에 의한 변주곡 중 18번 변주는 꿈결처럼 아름답다. 들으면 아, 이곡 하고 알아차리게 되는 익숙한 멜로디다. 라흐마니노프는 거센 폭풍 같은 파가니니 광시곡을 주제로 다양한 변주를 펼치다가 거의 마지막 즈음에 특유의 서정적인 선율을 선보인다. 2배속으로 돌아가던 화면에 갑자기 슬로모션을 건 듯, 거리를 휩쓸며 지독하게 쏟아지던 폭풍우가 순간 잦아들고 햇살이 펼쳐지듯 그렇게 완벽하게 다른 세계로 전환한다. 전혀 다른 요소를 가져온 것 같은 전개이다. 그러나 사실 18번 변주의 멜로디는 파가니니 광시곡의 메인 멜로디이다. 라흐마니노프는 그 멜로디를 거꾸로 뒤집어 단조를 장조로 바꿔 버렸고 광기는 서정이 됐다.

기회는 이런 것이다. 내가 쥐고 있다는 사실을 발견하거나 발견하지 못하는 것. 기회는 누가 주는 게 아니라 내가 만들어 내는 것이다. 아니 그렇게 생각하게 됐다. 처음부터 이런 생각이었다면 지금 많이 다른 사람이 되어 있겠지만 이제라도 이 사실을 알게 되었으니 다행이다.

로리가 한참 지난 뒤 눈앞의 기회를 발견한 것처럼, 라흐마니노프가 파가니니의 광시곡 메인 멜로디를 뒤집어 서정의 선율을 발견했듯 나도 한참 헤맨 후에야 스스로 조립 가능한 미완의 기회가 있다는 걸 알게 됐다.

2009년 첫 책을 냈을 때만 해도 대필을 하게 될 거라고 생각하지 못했다. 당시 출판사에서는 나를 'SM의 보아'처럼 키워 보겠다고 했고, 나는 반드시 '아시아의 별'이 되겠노라 화답했다. 희망과 기대를 나눌 수 있는 아름다운 시절이었다. 유 스틸 마이 넘버원, 노래와 춤이 절로 나오는 그런 시절이었다. 할 수 있고 될 수 있을 것 같았던 때. 희망은 폭신하고 달콤했다.

몇 년 후 이런 일도 있었다. 그 무렵 생선 작가라 불리는 김동영 작가를 인터뷰했다. 김동영 작가야말로 당시 『너도 떠나 보면 나를 알게 될 거야』라는 여행 산문집으로 차트 1위 급 판매고를 올리던 사람이었다. 상수동 카페 물고기였던가. 그의 단골집에서 즐거운 인터뷰를 마치고 책에 사인을 받으며 큰 비밀이라도 되는 양 털어놨다. 사실은 저도 에세이스트예요. 그는 내 책의 제목을 묻고는 이렇게 말했다. "우리 정상에서 만나요." 그 한마디에 둘 다 어찌나 환하게 웃었던지. 유 스틸 마이 넘버원, 오랜만에 노래와 춤이 절로 나왔다. 희망과 기대의 조각이 조금 떨어져 나갔지만 그래도 나쁘지 않은 시절이었다.

꿈과 희망이 무색하게 대필이 업의 중심이 되어 갈 무렵엔 과연 내 이름을 건 책을 계속 낼 수 있을까 의심했다. 남의 이야기를 써 주느라 에너지를 다 써서 내 이야기를 잘 차려 낼 기운이 남아 있지 않을 거라고 생각했는데 꼭 그렇지만도 않았다.

2009년부터 지금까지 내 이름으로 된 책 6권을 펴냈다. 나는 별처럼 반짝이지도 정상에 오르지도 못한 채 그저 적당한 밝기로 산 중턱 어디쯤을 걷고 있다. 위로 오르지 못했지만 아직 아래로 굴러 떨어지지도 않았다. 완만한 경사의 중간지점을 지나며 길을 만드는 중이다. 생은 오르거나 내리는 일이 아니라 눈앞의 수풀을 헤치며 길을 만드는 일이었다. 그렇게 나아가는 중간중간 책을 썼다. 아쉽게 나의 책들은 정상으로 향하는 다른 길을 열어 주지 않았다. 다만 책을 한 권 쓸 때마다 길의 폭이 넓어지면서 낭떠러지로부터 멀어졌다. 누군가의 삶을 이해하고 쓰다듬는 일은 내 삶을 쓸고 닦게 했다. 다른 이의 삶을 쓰다듬은 덕에 나는 계속 나의 이야기를 쓸 수 있었다.

대필을 주로 하면서도 나의 글을 놓지 않은 건 정말 잘한 일이었다. 요즘 사람들에게 에세이가 관심 밖으로 밀려나고 있지만 그래도, 그럼에도. 과학이 더 발전하고 AI가 못 하는 게 없는 만능이 될 미래에 서로를 확인하고 살아가는 방법은 각자의 이야기를 펼쳐 놓는 일이 아닐까. 지극히 개별적이지만 어떤 면에서는 보편적인 이야기들을 세상에 내놓아 함께 견디고 있다는 걸 알리는 일이 아닐까.

세상은 1등의 에너지만으로 돌아가지 못한다. 깨알처럼 우수수 흩어져 있는 작은 에너지에서 짜낸 기름으로 부드럽게 나아간다. 음악도 미술도 패션도 운동도 산업도. 차트 인을 하지 못한 수천 수만의 곡들이 다양한 곳에서 삶의 틈을 메워 주듯 나의 이야기도 누군가의 마음을 땜질하는 데 유용하게 쓰일 것이라고 믿어 본다.

나의 이야기도 분명 어딘가에서 쓸모를 발휘하리라는 믿음으로 남의 글을 쓰고 나면 나의 글을 쓴다. 이 책을 읽고 대필을 시작하게 되는 누군가가 있다면 당신도 그러했으면 좋겠다. 이미 쥐고 있는 기회를 발견해 삶의 아름다운 멜로디를 만들어 나갔으면.

어른이 되고 깨달은 건 산다는 것 자체가 고苦라는 사실이었다. 삶은 높은 꿈으로 시작해 아래로 아래로 잡아당겨져 마침내 모든 기대와 희망이 납작해지는 과정이다. 대부분 납작해진 꿈 위에서 균형을 잡으며 어떻게든 살아간다. 인생의 기본값은 그래서 환희와 희열이 아니라 포기와 인정이다. 아쉬워도 포기하고, 싫어도 결국 인정하는 순간 진짜 삶이 시작된다. 스타즈할로우에서 마침내 자신의 일을 찾아낸 로리가 그랬던 것처럼 말이다. 대필은 나와 애증의 관계라고 생각했는데 지나고 보니 기회였다. 나를 향상시켜 계속 쓸 수 있는 사람으로 살게 해줬다.

물론 지금까지 한 조각 운이 작용하기도 했다. 나를 알아봐 준 좋은 사람들이 나를 포기하지 않은 행운.

덕분에 이 일이 내것이 아니라고 생각했던 시간을 잘 넘길 수 있었다. 이젠 안다. 대필도 나의 글이라는 걸 그 또한 나에게 주어진 기회라는 걸.

+ 작업공간

대필과 행운

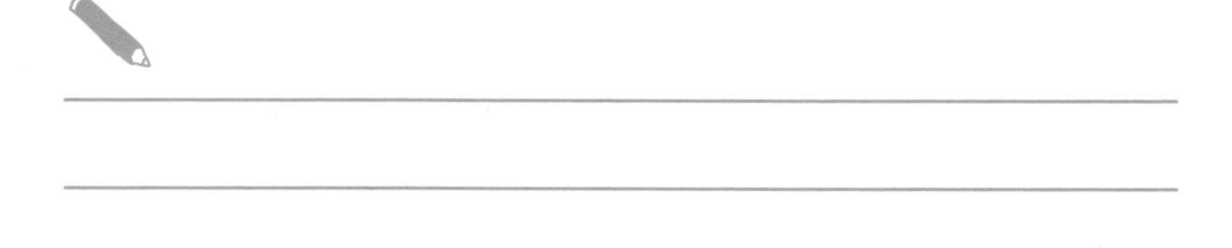

동네 밭에서 떠돌던 로카를 구조해 함께 살게 된 후 새끼 때부터 함께 산 하이, 임시보호 중 우리와 가족이 된 하니까지 양손에 리드 줄 세 개를 잡아야 했다. 세 녀석이 냄새를 맡는 스폿, 마킹하는 장소, 배변을 보는 곳이 다 달라 세 걸음에 한 번은 멈추며 걸었다. 한적하더라도 인도와 차도가 구분되지 않은 시골길에서는 앞뒤로 차가 지나지 않는지 집중이 필요했다. 한 녀석이 늘었을 뿐인데 두 마리와 세 마리를 인솔하는 건 긴장감이 달랐다. 벅차니 어쩌니 해도 닥치면 다 적응한다고 계절이 바뀐 후엔 마치 처음부터 세 마리를 돌봤던 양 능숙해졌다. 이전의 삶이 생각나지 않았다. 양손에 리드줄을 주렁주렁 걸고 산책할 때마다, 영문도 모른 채 버려진 로카에게도 이런 망각의 축복이 주어지길 바랐다.

세 마리 산책이 제법 익숙해지면서 이어폰을 꽂았다. 집중하지 않아도 감각으로 돌발상황에 대처할 수 있었다. 왼쪽과 오른쪽, 앞과 뒤에서 오는 차의 진동을 느끼고 줄을 짧게 고쳐 매는 데 시간이 오래 걸리지 않았다.

나는 잘 적응했지만 로카는 아니었다. 집에서 떨어진 곳에 가면 극도로 불안해했다. 다시 버려질 것에 대한 공포 때문인지 아직 나를 믿지 못하는 것인지 20kg의 힘센 보더콜리 로카는 조금만 낯설면 목줄을 당기며 목이 빨개지도록 힘을 주었다. 어쩔 수 없이 매일 마을 언저리만 걸었다. 너도 언젠간 적응하겠지, 좋은 날 오겠지. 그 아픔을 모르지 않지만 산책은 이곳저곳 쏘다니는 맛인데 매일 같은 곳을 가니 지루했다. 그나마 이어폰을 꽂으면 작은 자유가 느껴졌다.

전날 내린 눈이 그대로 얼어 버린 알싸한 겨울 아침이었다. 그날의 산책길 배경으로 듣던 팟캐스트에는 심리상담 전문가가 나와 양육에 대한 지식과 정보를 알려줬다. 진행자가 전문가에게 물었다.

"36개월 이전에 애착 형성이 잘되어야 한다고 하잖아요. 아이가 어떤 사람으로 살아가는지 그 시기가 가장 중요하다고요. 그렇다면 그 시기를 잘 보내지 못한 사람은 평생 안정적인 정서를 갖지 못하는 건가요?"

전문가는 상담심리학의 '재양육'이라는 개념을 이야기했다. 재양육은 어린 시절 애착 관계를 제대로 형성하지 못한 사람이 성장하면서 환경이 뒷받침되면 다시 올바른 애착 형성을 이루는 것을 말했다. 재양육은 꼭 부모님이 아니라도 선생님이나 주변의 좋은 어른, 혹은 친구나 배우자, 심지어 자기 자신을 통해서도 가능하다고 했다.

제법 집강아지가 된 로카를 보면서 재양육, 하고 내뱉었다. 하얀 입김이 공중으로 흩어졌다. 재양육, 로카야 사랑해 줄게.

사실 나도 재양육된 케이스이다. 엄마의 투병으로 태어나 얼마 되지 않아 할머니 손에 자랐다. 할머니가 극진히 아껴 주고 사랑해 줘서 36개월까지 행복한 기억만 있다. 할머니와 헤어진 것, 다시 부모님과 살게 됐을 때 동생이 태어나면서 중심에서 밀려난 경험은 어린 시절 아주 큰 상실감으로 자리 잡았다. 그렇게 생긴 커다란 구멍에 진짜 내가 아닌 부모님이 기대하고 설정해 놓은 장녀의 이미지가 채워졌다. 내가 나 같지 않은 듯한 답답함은 오래도록 나를 괴롭혔다. 다른 사람들 앞에서는 밝고 명랑하고 자신감이 넘쳤지만 혼자 있을 땐 늘 자살을 꿈꿨다. 열쇠가 달린 일기장 안에 모든 걸 다시 시작하고 싶다는 꿈, 죽음에 대한 갈망을 가득 채웠다.

불같던 청소년기가 지나고 입시에 실패한 뒤 나는 진짜 나를 찾기를 포기했다. 엄마가 만든 내가 나라고 믿기로 했다. 엄마가 말한 대로 원래의 나보다 더 대단한 사람이라고 착각하며 살았다. 스펙에 비해 설정값이 높으니 인생은 항상 성에 차지 않았고 늘 억울했다. 자의식 과잉은 자기합리화를 불러왔다. 나라는 인간은 그렇게 갈수록 시시해졌다.

모든 게 세상 탓, 시절 탓이었다. 한참 후에야 내 인생 대부분이 나의 노력에 비해 행운이 따랐다는 걸 알아차렸다. 소름 돋는 진실을 마주하게 해 준 건 남편이었다. 남편은 그냥 그대로의 나를 사랑했다. 그는 불안했던 내 삶에 유일한 안정제였다. 내가 왜곡 없이 스스로를 마주할 수 있도록 해 줬다. 누군가가 나를 있는 그대로 인정해 주는 건 엄청난 일이었다. 나는 공포나 불안 없이 나의 단점, 실수, 부족함, 무능함을 마주할 수 있었다. 후련하게 인정하고 나니 나만의 장점과 지혜와 유능함도 드러났다. 재양육, 이라는 개념을 듣는 순간 남편이 떠올랐다.

언 손을 비비며 집으로 돌아와 강아지들에게 마실 물을 떠 주고 남편을 불러 말했다. "고마워, 나를 재양육해 줘서." 철썩철썩 옆에서 로카가 파도 소리를 내며 물을 마셨다. 롱패딩을 벗어 걸어 두고 손을 씻고 뜨거운 차를 한잔 내려 테이블에 앉아 노트북을 켰다. 나를 재양육한 또 한사람이 떠올랐다. 오랜만에 짤막한 안부를 담은 메일을 보냈다.

남편이 정서의 허기를 채워 줬다면 그는 사회인으로 살아갈 지혜와 지식을 알려 줬다. 자의식은 높은데 그 높이에 맞는 직장 선배가 없는 프리랜서에게 그의 이야기는 믿음직하고 따뜻한 가르침이었다.

인터뷰를 하기 위해 처음 그를 만났을 때 나는 깜짝 놀랐다. 그는 나와 같은 언어를 쓰고 있었다. 한국어에 대한 이야기가 아니다. 그의 말을 듣는데 행간의 의미와 맥락과 의도가 정확하게 이해됐다. 인터뷰이와 인터뷰어, 일로 만난 사이에 이처럼 합이 맞기는 쉽지 않다. 모든 말이 귀에 쏙쏙 들어오고 원고도 술술 써졌다. 같은 언어를 쓰는 사람을 만나면 이런 마법 같은 일이 벌어진다는 걸 처음으로 경험했다.

다음에 기회가 된다면 한 번 더 인터뷰하고 싶다는 생각까지 들었다. 인연이 되려고 그랬을까? 6개월쯤 지났을 때 그의 강연을 책으로 엮고 싶은데 함께 작업하지 않겠느냐는 출판사의 의뢰를 받았다. 그와 책 작업을 하고 나면 분명 조금 더 나은 사람이 되어 있을 것이었다. 내면의 성장을 위해 우주의 기운이 작동하는 것 같았다.

작업하는 내내 나는 다시 마법을 경험했다. 말이 통하지 않는 낯선 곳에서 같은 언어를 쓰는 사람을 만났을 때의 편안함, 충만함, 행복감이 밀려왔다. 그의 강연은 버릴 게 하나 없었다. 그가 하는 말은 모두 내가 듣고 싶던 것이었다. 선배의 조언이었고 조금 먼저 세상을 산 어른의 안내였다. 그 강연을 책으로 묶는 작업을 하며 나는 군데군데 비어 있던 마음의 방을 알차게 채울 수 있었다.

듣고 녹음한 걸 정리해 원고로 쓰면서 새삼스럽게 다시 쑥쑥 자라났다. 성장기 어린이를 위해 지은 보약 같은 이야기가 쏟아졌다. 어떻게 보고, 느끼고, 생각해야 하는지. 어떤 태도로 삶을 살아가야 하는지, 잘 사는 것은 무엇인지, 그의 말과 나의 글을 왕래하며 천천히 삶에 대한 태도를 쌓아 나갔다. 글에 맞는 구성으로 앞뒤 이야기를 잘 배치하고 더 좋은 단어를 고르는 시간은 기대했던 대로 나를 조금 더 좋은 사람으로 만들어 주었다. 지금도 그는 나에게 좋은 선배이고 스승이다.

그렇게 만든 책은 출간 후 큰 인기를 누렸다. 나만이 아니라 많은 사람을 재양육하는 데 큰 공을 세웠다. 그 책을 쓴 덕에 살면서 같은 언어를 쓰는 사람들을 만나곤 했다. 우리는 단번에 서로를 알아봤다. 모든 가치가 돈으로 환산되는 시대에 큰 위안이었다.

대필 일을 하면서 이런 경험을 할 거라 생각하지 못했다. 같은 언어를 쓰는 사람을 만나 재양육을 받는 드물고 귀한 경험을 한 뒤로 새로운 작업을 할 때마다 재양육을 받는다. 내가 미처 생각하지 못했던 것, 깨닫지 못한 지점, 알 길 없던 어느 세계에 대한 새로운 정보를 얻으며 성장하고 있다. 누구라도 대필의 세계로 들어온다면 어렵지 않게 이런 행운을 누릴 수 있을 것이다.

동네 밭에서 떠돌다 구조된 로카는 이제 제법 먼 곳까지 나가 산책할 수 있게 됐다. 차를 타고 휴게소에도 들르고 바닷가 모래사장에 발자국을 꾹 찍고 오기도 한다. 거실 구석에 숨어만 있었는데 지금은 카펫 가운데 배를 내놓고 잠이 들기도 한다. 두려움을 밀어내고 편안함이 그 자리에 들어왔다. 로카도 우리 가족과 살며 재양육에 성공했다.

여러 의뢰인들이 나를 재양육해 줬다. 많은 영감을 주고 삶의 태도를 돌아보게 해 줬다. 아티스트와의 작업은 긴장되지만 그들과 작업하며 새로운 세계를 이해했고, 조금 더 정교하게 감정을 어루만질 수 있게 됐다.

아티스트와의 첫 작업이었던 그녀는 구겨진 곳 없이 잘 다려진 실크 셔츠 같았다. 찰랑찰랑 모든 역할에 흐르듯 맞춤으로 연기를 하더니 실제 모습도 다르지 않았다. 까탈스럽지 않고 시원시원, 말 그대로 쿨하고 유연했다. 그녀가 스타의 반열에 오르는 데 그런 점들이 중요한 역할을 했을 것이다. 책 작업을 할 때도 걸리는 것 하나 없이 부드럽게 진행되었다. 되는 건 된다, 안 되는 건 안 된다, 똑 부러졌고 칭찬에 인색하지 않았다. 그야말로 함께 일하는 사람들에게 최고의 동료였다.

당대의 톱스타였던 또 다른 의뢰인은 "나는 전혀 행복하지 않았어요."라고 말했는데 그게 참 신기했다. 행복하지 않았다고 말하는 그녀의 표정은 그저 담담했다. 영리한 그녀는 행복하지 않은 것을 불행으로 여기지 않았다. 자존감이 대단히 높은 사람이었다.

그녀의 집 구조는 매우 독특했는데, 침실에 커다란 욕조가 있었다. 방 구경까지 했던 건 아니고 무거운 미닫이 구조의 나무문이 열리는 틈에 언뜻 보게 됐다. 그녀는 낮 동안 내내 값비싼 옷과 장신구로 치장하고 지내다가 집에 들어오면 대충 입고 먹으며 지냈다. 남들에게 보여 주는 자신과 스스로에게 보여 주는 자기 자신은 너무 다른 사람이었다. 열심히 일하며 달리다가 문득 자기 자신을 너무 홀대하고 있다는 걸 깨달았다. 그 순간부터 그녀는 스스로를 돌보는 데 많은 시간을 할애했다. 일을 줄이고 커다란 욕조가 있는 집을 구한 것도 그래서였다. 편안하게 잘 가꾼 집에서 남들에게 보여 주는 시간을 아껴 자기 자신을 챙겼다.

아이러니하게도 남들에게 잘 보이려고 할 때는 혹시 잘못되면 어쩌나 전전긍긍했는데, 자기 자신에게 점수를 따려고 노력하다 보니 마음의 여유가 생겨 다른 사람까지 돌아보게 됐다고 했다. 구겨진 그대로 멋스러운 독특한 소재의 아방가르드한 셔츠 같던 그녀는 자신의 구김을 숨기지 않았다.

처음 그녀의 이야기를 원고로 쓸 때 어깨에 힘을 잔뜩 줬었다. 톱스타에게 어울리는 문장을 찾아내려 했다. 그러나 솔직한 그녀의 이야기를 들으며 생각이 달라졌다. 어깨에 힘을 툭 빼고 너무 과장하거나 멋 내지 않은 문장들을 단정하게 잇는 것이 그녀를 가장 잘 표현하는 것이었다.

음악을 하는 그녀는 어땠던가. 사람 좋기로 업계에서 소문났던 그녀는 후배들에게 좋은 길을 내어 주어야 한다는 책임감이 있었다. 책을 출간하는 것도 그래서였다. 쉴 틈 없이 바쁘면서도 두루두루 잘 챙기던 그녀는 투명하고 정직한 사람이었다. 갓난아이를 돌보며 커리어를 쌓아 가던 일, 하고 싶은 일을 하기 위해 애쓰던 시간, 최고가 되었어도 숨차게 일을 해야 하는 삶. 직업인이자 멈추지 않고 성장하는 어른으로 그녀와 마주 앉아 많은 것을 배웠다. 내가 느낀 대로 왜곡 없이 그녀를 제대로 표현해 주고 싶었다. 더 많은 사람이 그 사람을 사랑할 수 있도록. 누군가를 사랑받게 만들어 주는 건 내 삶에 윤을 내는 일이었다. 남의 이야기를 아름답게 매만지는 순간 나에게도 빛이 났다. 인간은 이렇게 빛나는 것이구나 싶었다.

예술가의 책을 작업할 때 가장 중요한 건 그 사람 고유의 캐릭터에 맞는 정서를 찾는 일이었다. 알려진 이미지는 가짜이기 쉽다. 평범한 직장에 다니는 사람들이 회사 안에서 자기 자신이 아닌 김 과장, 이 부장으로 살아가듯 그들도 직업에 맞춰 일을 한다. 책은 직업인으로서의 아무개를 알리려고 만들지 않으니 내가 해야 할 일은 직업인이 아닌 그 사람의 진짜 모습을 담는 것이다. 직업인이 아닌 한 인간으로서의 아무개. 그의 진짜를 끌어내기 위해 생각보다 긴 시간이 걸릴 때도, 같은 질문을 반복하고 반복해야 할 때도 있었다. 그래도 시간을 들이면 좋은 이야기가 나왔다.

대필의 세계에서 수많은 행운을 만났다. 일이 고되다가도 그 행운들을 생각하면 마음이 따뜻해진다. 모두 잘 지내고 있는지, 부디 오래도록 안녕하기를.

+ 구조 후 가족이 된 로카

대필과 사람

그 재킷이 정말 좋았다. 얼마나 좋았냐면 똑같은 디자인의 다른 컬러를 하나 더 샀을 정도였다. 어쩌면 이렇게 내가 원하는 디자인을 딱 알고 출시한 걸까? 몇 년 동안 무더위가 지나고 바람의 냉기가 달라지면 애지중지 아끼던 그 재킷을 꺼냈다. 너무 좋아해서 오래오래 입고 싶은 마음에 그 옷을 꺼내 입은 날은 삼겹살집도 가지 않았다. 옷장엔 이런 스토리를 가진 옷들이 제법 된다. 단순히 디자인이 좋아 정을 들인 것도 있고, 더 깊은 사연이 있는 것도 있다. 구입 장소에 대한 추억이 있거나, 입고 나간 날 어떤 특별한 상황을 겪었거나, 마침 잊지 못할 사람을 만났다거나. 처음에 디자인으로 마음을 사로잡은 그 재킷은 특별한 사연까지 더해져 이제 완벽한 나의 인생 재킷이다.

어느 날 그 재킷을 만든 회사의 사장님이 대필작가를 구한다며 미팅 요청을 받았다. 이런 순간을 운명이라고 불러야겠지. 전혀 섞일 일 없는 누군가와 만남에서 먼지처럼 작은 공통점이 발화되는 불꽃 같은 순간.

한여름이었다면 아쉽게 입고 나갈 수 없었을 텐데 시기도 어쩜 딱 재킷을 입기 좋은 가을. 실내는 좀 더워서 벗어야 할지도 모르지만 그래도 일단 입고 가야지. 시즌이 한참 지난 모델이라 기억하지 못할 수 있겠으나 그래도 의뢰인과 나를 이어 주는 작은 연결고

리가 될지 모른다는 생각으로 재킷을 입었다.

예상대로 일 미팅 중 재킷 얘기는 나오지 않았다. 아는지 모르는지 물어보지도 않았고 티를 내지도 않았다. 다 괜찮았다. 그것은 상대를 향한 나의 예의였으므로 상대가 알아주고 아니고는 문제가 되지 않았다. 만약 그 자리에서 나에게 재킷에 관하여 물었다면 훌륭한 디자인과 그 재킷으로 내가 얼마나 행복했는지를 말해 줄 수 있었겠지. 대화 중에 재킷 얘기를 꺼내야지 한 건 아니어서 그런 얘기 없이도 미팅 자리는 충분히 만족스러웠다.

의뢰인에게는 아마 나 외에 여러 후보가 있었을 것이다. 나는 내가 얼마나 제대로 써 줄 수 있는지에 대해 노골적이지 않게 에둘러서 이야기했다. 너무 달려드는 느낌이 없도록 적당한 거리를 두었다. 모든 의뢰인이 그렇듯 실력이 있어 바쁜 작가가 오로지 자기 이야기에만 시간을 써 주길 바랄 테니 일이 많지도 적지도 않다는 걸 어필하면서. 나는 당장 당신의 일을 하지 않아도 될 만큼 능력 있는 사람이지만, 그럼에도 당신의 이야기가 너무나 흥미로워요, 의 지점을 잘 찾아가며 이야기를 나눴다.

즐거운 대화가 오갔고 우리는 함께 일하기로 했다. 재킷 이야기가 나온 건 한참 후의 일이었다. 두세 번의 만남 이후 제법 가까워진 의뢰인이 첫 만남 때의 이야기를 꺼냈다.

"작가님, 첫 미팅 때 우리 옷 입고 오셨죠."

"아셨어요? 제가 정말 좋아하는 옷이에요. 원하던 디자인인데 원단도 좋아서 얼마나 좋았나 몰라요. 입을 때마다 기분 좋아지는 옷이에요. 지난 시즌 모델이라 기억 못 하실 수도 있겠다 했는데."

"보면 알지요. 우리 옷을 그렇게 생각해 주시니 정말 고맙습니다."

대필은 저 사람에게 내 이야기를 털어놔도 될까 잔뜩 경계하느라 미동하지 않는 마음에 풍덩, 작은 돌 하나를 던지는 것이 시작이다. 마음이 동해야 나에게 모두 쏟아 낼 수 있을 테니까. 마음을 열어야 이야기가 나오니 상대가 이야기를 털어놓도록 이런저런 방법을 써 보는 것이다.

백지에서 시작해 점점 채워지는 내 글과는 다르다. 대필은 대상이 겪은 여러 경험들을 다듬어 그 사람이 잘 드러날 수 있는 이야기로 만드는 과정이다. 흙을 덧대고 매만져 형상을 만드는 조소가 나의 글이라면 대필은 조각이다. 깎고 다듬어 숨어 있는 형상을 끄집어내는 일이다. 근사한 작품을 만들기 위해서는 영감의 원천과 끊임없이 교감해야 한다. 대필은 단순히 글을 쓰는 것만이 아닌, 좋은 재료를 가지고 있지만 잘 다듬어 형상화할 수 없는 누군가의 조력자가 되는 일이다.

대필작가를 다른 이름으로 불러야 한다면 가장 잘 어울리는 단어가 조력자라고 생각하게 된 건 빛나는 아우라를 가지고 대중의 사랑을 받는 그와 함께 작업을 할 때였다. 우리는 압구정동에 있는 어느 레스토랑에서 만났다. 그의 책을 만드는 동안 나의 사무실은 그 레스토랑이었다. 유럽의 오래된 카페처럼 좌석 등받이를 높게 두른 둥근 소파가 있는 테이블은 긴밀한 이야기를 나누기에 딱 좋았다. 오후 시간이면 우리처럼 무언가 비밀스러운 작업을 하는 사람들이 테이블을 메웠다. 회사와 계약하는 신인 배우도 있었고, 엔터테인먼트 업계의 실무진들이 모여 회의를 하기도 했다.

그 사이에서 나는 달콤한 에이드를 앞에 두고 누군가의 인생 이야기를 내 몸속에 차곡차곡 절여 뒀다. 의뢰인 인생의 한 챕터 그 위에 설탕 같은 나의 생각 한 스푼, 한 챕터 생각 한 스푼. 책 속에 청량한 메시지를 전달하도록 달콤하게 숙성시켰다. 우리는 주로 오후 2시쯤 만났는데 공간의 3분의 1 지점까지 차분하게 밀려드는 낮의 빛과 상대적으로 조도가 낮은 실내는 서로의 마음을 주고받기 매우 좋은 분위기였다.

의뢰인을 만날 땐 본인이 가장 편안하게 생각하는 공간에서

미팅을 한다.

본인의 필요로 대필작가를 고용했어도 누군가에게 자신의 이야기를 털어놓기는 쉽지 않은 일. 가뜩이나 오래전 기억이 가물가물한데 장소가 낯설면 공간에 적응하느라 에너지를 뺏겨 기억 회로를 더욱 복잡하게 만들지도 모를 일. 첫 미팅 후 이제 우리가 어디서 만나 이야기를 나눌지 정하게 되는데 반드시 의뢰인이 가장 편안한 공간으로 정한다. 집이 가장 편안하다는 의뢰인은 집에서, 회사 사무실이 가장 편한 의뢰인은 사무실에서, 동네 단골 카페를 좋아하는 의뢰인과는 그가 매일 찾는 카페에서.

압구정동의 레스토랑에서 그는 편안하고 느긋하게 자신의 이야기를 쏟아 냈다. 얘기가 길어진 어느 날은 식사를 하기도 했다. 메뉴는 이탈리아식이었는데 메인 요리를 고르고 메뉴판을 한 장 넘기자 너무 반가운 비주얼의 음식이 보였다. 몬테크리스토 샌드위치.

몬테크리스토 샌드위치는 샌드위치에 튀김옷을 입혀 튀겨 내 라즈베리잼을 곁들여 먹는 음식인데 느끼한 맛이 안주로 그만이었다. 즉각적으로 살이 오르는 게 느껴지는 탄수화물과 튀김과 햄과 잼의 단짠 조화. 우리는 기초대사량 높았던 젊은 시절의 메뉴를 다시 만나 반갑다고 호들갑을 떨었다.

그런데 왜 몬테크리스토지? 몬테크리스토 백작이 먹었던 건가? 와인 한 잔에 긴장이 풀어져 잡다한 이야기를 나누다가 샌드위치 이름의 유래를 찾아봤다. 가장 유력한 것은 샌드위치를 처음 선보인 호텔의 이름이 몬테크리스토라는 설이었다. 몬테크리스토 백작이 아니었네, 근데 그 호텔은 이름을 왜 몬테크리스토로 한 거야? 그 몬테크리스토가 몬테크리스토 백작이라면 저 샌드위치 이름도 결국 몬테크리스토 백작에서 나온 거 아니냐는 몬테크리스토인 듯 몬테크리스토 아닌 몬테크리스토 같은 수다가 깊어졌다.

이야기도 즐겁고 탄수화물과 기름의 조화에 기분이 좋아졌다. 몬테크리스토의 마지막 피스를 한입 가득 넣고 우물거리다 보니 그와 내가 에드몽 당테스와 파리오 신부쯤 되는 기분이었다. 배신과 모함으로 감옥에 갇힌 에드몽 당테스에게 새로운 이름으로 살아갈 도움을 준 조력자 파리오 신부. 에드몽 당테스가 세상으로 나갈 수 있도록 도왔던 파라오 신부처럼 대필작가도 누군가의 이야기를 세상 밖으로 끌어내 주는 조력자의 역할을 하는 것이라는 생각이 들었다.

누군가의 파리오 신부가 되겠다는 마음으로 대필을 시작한다. 잘되었으면 하는 진심을 담아 잔뜩 경계하는 나의 에드몽 당테스의 마음에 풍덩, 물보라를 일으키려고 노력하면서. 그러나 끝내 돕지 못하게 되는 경우도 있다. 다듬을 재료가 부족하거나, 살아온 시간을 아름답게 엮어 내려고 해도 통 이어지지 않는 의뢰인도 물론 있다.

많은 사람이 자신의 인생을 돌아보면 책 한 권 분량의 이야깃거리는 너끈히 될 거라고 생각한다. 인간은 누구나 매일 크고 작은 사건을 재료로 인생이라는 실을 잣는다. 성실하게 물레를 돌리다 보면 가끔 상처로 얼룩이 지고 사랑과 행복으로 색이 덧입혀진다. 그렇게 실타래가 조금씩 두터워질 때 생각한다. 웬만한 옷 한 벌은 만들 수 있겠지.

누구나 자신의 생으로 옷 한 벌은 만들 수 있다. 구구하고 절절한 사연이 얼마나 길고 길던가, 슬프고 아름다운 시절은 또 얼마나 반복되었던가. 이 정도면 충분할 것만 같다. 한 벌을 짓고도 남을 것 같다. 그러나 옷을 짓는 일은 호락호락하지 않다. 요기서 요만큼은 창피하니까 잘라 내고, 저기서 저만큼은 부끄러우니까 묶어 둬야지. 이것저것 감추다 보면 옷을 지을 만큼의 실이 남아 있지 않다.

밥과 옷과 집과 약과 책. 짓는 것들은 모두 인간을 인간답게 살게 해 준다. 그중에서 특히 책은 나만이 아니라 다른 이의 인간성을 위해 존재한다. 내 이야기를 책으로 짓는 일은 단지 나만을 위한 것이어서는 안 된다. 단 한 사람에게라도 의미가 되어야 한다. 일정 분량의 원고가 필요한 건 이런 이유 때문이다. 그래야 진실해진다. 굽이굽이 긴 글은 오점도 실수도 전부 드러내야 이어진다.

인간적으로 아주 좋은 사람이고 계속해서 응원하고 싶은 인물이지만, 책의 주인공이 되기에 그는 조금 모자랐다. 출판사에서 그의 책을 기획한 건 젊은 나이에 이룬 성과와 평범하지 않은 배경 때문이었다. 10대 후반부터 스스로 믿고 자신이 가고 싶은 방향을 향해 길을 냈다는 그였지만 속 시원하게 자기 얘기를 털어놓지 않았다. 만난 지 한 달이 지나 두 번의 인터뷰를 거쳤는데 같은 자리를 맴돌 뿐이었다. 그는 조금 부풀려져 있었다. 비제도권에서의 경험은 너무 짧았고, 제도권을 나온 것도 본인의 의지는 아니었다. 마지못해 밀려난 것과 스스로 박차고 나온 것은 차이가 있었다. 부족한 상황에서 자신이 할 수 있는 최선을 다해 새로운 길을 개척했다는, 멋진 일을 어떻게 이루어 냈는지 과정이 듬성듬성 헐렁했다. 중요한 부분을 자꾸 건너뛰니 개연성이 떨어졌다.

그는 계획하지 않았으나 이루어 낸 성과에 사람들이 바람을 넣을 때마다 침묵하는 것으로 자신의 삶을 포장해 온 것 같았다. 석 달이 지나도 진전이 없었다. 어떻게든 해 보려고 살을 붙여 봤지만 헐거운 문장들이 반복됐다. 여러 번 인터뷰를 하면서 인간적으로 친해졌는데 그 친밀감이 원고 분량을 채워 주진 않았다. 출판사 담당 편집자에게 연락을 해 상황을 설명했다. 결국 그의 원고는 완성되지 못했다. 출판사는 책을 내지 않기로 결정했다. 결과적으로 그가 오히려 자유로워졌을 거라고 생각한다. 세 번째 인터뷰에서 그는 난독

증을 고백했다. 아마 내가 자기 이야기를 써 줘도 제대로 읽어 내지 못할 거라면서.

처음부터 합이 잘 맞아 멋진 글이 나올 수도 있고, 지난한 시간을 보내면서 한 문장을 이루는 것조차 힘들 수도 있다. 아예 책으로 만들어지지 않을 수도 있다. 어느 쪽이건 상관없다. 사람이 하는 일은 전부 이루어지는 것도 없고 아예 불가능한 것도 없다. 누군가 자신의 인생을 짓고 싶다는 사람이 있으면 일단 나는 돕기 위해 최선을 다해 조력자라는 역할에 충실할 뿐이다.

대필은 사람을, 그 사람의 인생을 만나는 일이다. 일을 하다 보면 실로 다양한 사람들의 인생을 만난다. 어떤 인생은 근사한 조각품이 되고, 어떤 삶으로는 멋진 옷이 지어진다. 한 사람의 인생을 아름답게 매만지는 것, 곁에서 그 과정을 돕는 조력자가 되는 것, 책을 만들 때만이라도 그와 내가 세상에서 둘도 없는 특별한 관계가 되는 것, 생각보다 근사한 일이다.

대필과 관계

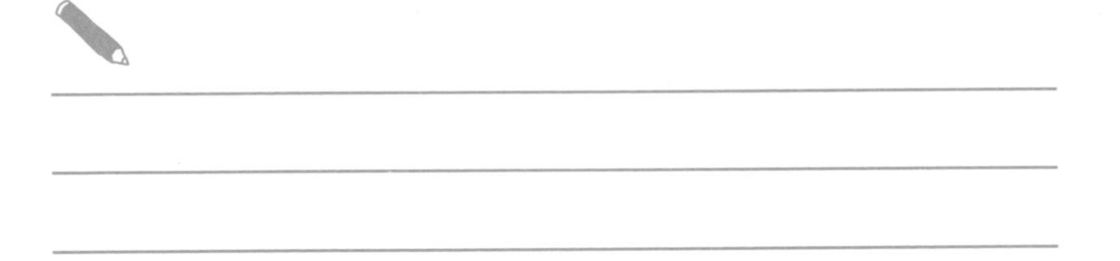

요가는 10시에 시작이었다. 9시 40분이었고 평소 같으면 요가복으로 갈아입고 집을 나섰을 시간이었지만 냉장고를 열었다 닫기를 반복하며 시간을 끌었다. 시간이 다 되어 가는데 요가 수업에 가지 않느냐는 남편의 물음에 왜! 내가 요가 가면 뭐 하게! 날카롭게 쏘아붙였다. 식사 준비를 하던 남편은 괜히 한마디 던졌다가 그렇게 날벼락을 맞았다.

사실 기껏 저녁을 굶고 자고 일어났는데 몸무게가 단 1g도 빠져 있지 않아 화가 너무 많이 났다. 아니다, 아니다. 이빨을 드러내고 으르렁댄 건 굶주림, 그래 공복 때문이었다. 남편은 진작에 알고 있었다는 듯 서둘러 밥을 차렸다. 가기 싫으면 가지 마, 뭐든 하고 싶은 대로 하고 살아, 요가 수업이 뭐라고 내키지 않는데 굳이 가느냐며 살살 달랬다. 그렇지? 하루쯤 빠져도 되는 거지?

남편은 요즘 식으로 그러니까 MBTI로 치면 파워 J, 계획형인 내가 배고픔에 요가를 가지 못해서 어긋난 계획 때문에 더 크게 화를 내지 않도록, 계획에 있는 일이지만 지키지 않아도 큰일 나지 않는다는 걸 강조하며 재빨리 반찬을 만들었다. 온 집 안에 고소한 냄새를 풍기며 지지고 볶았다. 새로 한 반찬에 따끈한 밥 한 그릇을 먹고 나니 죽어도 빠지지 않는 몸무게가 아무렇지 않았다. 살은 내일 빼지 뭐, 갑자기 기분이 좋아졌다.

허기질 때와 잘 먹었을 때의 나는 다른 사람이다. 일에 쫓겨 배고픔을 잊은 채 끼니를 거르는 게 아니라 음식을 줄이려고 일부러 덜 먹으면 나의 뇌는 나에게 다른 인격을 입힌다. 무례하고 사납고 부정적인 생각으로 가득한 인격을. 잘 먹었을 때의 나는 상냥하고 다정하다. 배려할 줄도 알고 대인배가 된다. 안 좋은 일도 긍정적으로 생각하며 대수롭지 않게 툭툭 털어 낸다.

이런 얘길 했더니 모태 마름으로 평생을 산 내 친구가 고개를 갸우뚱했다. 그래? 나는 배부른 느낌이 싫어서 오히려 배가 부르면 짜증이 나던데, 라며. 설마 친구가 내 앞에서 자기 자랑을 한 건 아니겠지. 아닐 것이다. 진짜 배부른 게 싫어서 그럴 수 있지. 그럴 수 있다. 사람마다 다르다. 누구는 배고프면 성을 내고 누구는 배부르면 성을 낸다. 그러니까 배바배, 케바케 뭐 이런 것이다.

배불러야 친절해지는 나는 일로 사람들을 만날 때면 더 잘 먹는다. 배를 든든히 채우면 자존감도 채워진다. 신기한 일이다. 그러면 지적이나 충고도 다 고맙게 받게 된다. 아, 나를 위해 이런 생각을 해주다니! 감사하게 된다. 실제로 함께 일하는 사람들의 지적이나 충고는 약이다. 조금 더 나은 나를 만드는 데 큰 도움이 된다.

처음 대필을 시작하고 우왕좌왕했다. 어떻게든 잘 쓰고 싶다는 생각 때문에 바짝 긴장해 쓴 원고를 넘기고 받았던 피드백을 잊지 못한다. "어깨에 힘을 좀 빼시는 건 어떨까요? 다 좋아요. 좋은데 너무 경직되었어요."라는 메시지와 함께 이런 말이 덧붙여져 있었다. "일하면서 흔히 있는 일인데 이런 피드백에 상처받고 그러시는 건 아니죠? 유리멘털이면 함께 일하기 곤란해요."

유리멘털? 유리이멘터얼? 이 양반이 나를 어떻게 보고. 하, 뭐 내가 아마추어인가 콧방귀를 끼며 답장을 했다. "말씀하신 내용 참고할게요. 그리고 유리멘털이라뇨. 뭐든 말씀해 주세요." 자신만만하게, 그렇게, 썼지만 나는 손톱을 씹으며 그 메일을 열고 닫기를 반복했다. 유리멘털, 내가 유리멘털 같았나? 내가 허술해 보였나? 상아마추어처럼 느껴졌나? 왜 저런 표현을 했지? 내가 어떤 허점을 보인 거지? 나랑 잘 지냈었잖아! 노트북 앞에 앉아 쓸데없이 고민하느라 끼니를 걸렀고, 배가 고팠다. 생각은 부정적으로 흘렀다. 이미 멘털이 와사삭 깨져 뾰족한 조각들이 생각 여기저기를 찔러 댔다.

밥 먹자. 밥을 먹자. 일단 밥을 먹으니 좀 진정이 됐다. 유리멘털에서 벗어나 메일에서 처음 전달하려 했던 메시지를 다시 읽었다. 원고에 대한 내용이었고, 질타나 폄하가 아니었다. 이런 점이 있으니 조금 더 보완해 보자는 의미였다. 완성해서 보낸 원고를 다시 열어 천천히 읽었다. 이야기를 듣고 보니 내가 보지 못한 것들이 보였다.

그때 알게 됐다. 일과 사람을 분리해야 하고, 특히 사람을 만나고 사람과 교감할 때는 굶지 말아야 한다는 것을. 일과 관계는 다른 성질의 것이다. 오래도록 함께 작업하고 있는 출판사들은 일과 관계 사이의 균형이 잘 맞춰져 있다. 책 한 권을 만들기 위해 짧지 않은 기간 편집자와 대필작가가 함께 움직인다. 인간적으로 가까워지기 충분한 시간이다. 인간적으로 가까이 지내면서도 우리가 일로 만난 관계라는 걸 잊지 않는다. 서로에게 업무와 관련해 할 말이 생기면 서슴없이 하고 받아들이고 개선한다. 그렇게 되면 일이 좀 힘들어졌다고 해서 관계가 무너지진 않는다. 어느 경우엔 오히려 힘든 작업이 관계를 더 돈독하게 만들어 주기도 한다. 물론 그렇게 힘든 일을 할 때 나는 더 잘 먹는다. 잘 먹은 뒤에 사람들을 만난다.

일이 관계와 다른 건 연속성을 장담할 수 없다는 것이다. 관계는 어떤 결정적인 사건이 없는 한 꾸준히 이어진다. 그 사람에게 최선을 다해 잘해 주지 않아도 가능하다. 일로 만났더라도 좋은 인연으로 안부를 묻는 사이가 될 수 있다. 하지만 일은 안부를 묻듯 건네질 수 없다. 일은 '잘해야'만 계속 이어진다.

일을 잘한다는 건 뭘까? 대필 작업을 잘한다는 건 어떤 것일까? 출판사의 입장이 되어 생각해 보면 약속을 잘 지키는 게 첫 번째가 아닐까? 인터뷰이와의 약속, 마감 약속. 두 번째는 짜임새 있게 구성해 인터뷰이에 맞는 글을 써 내는 것이겠고. 크게 손볼 일 없게 완성도 높은 결과물을 전달하는 것이 무엇보다 중요한 일일 것이다. 세 번째는 입조심. 이건 내가 쓴 거예요, 떠들고 다니거나 괜한 오해를 살 말을 흘리고 다니는 대필작가라면 인간적으로 좋은 관계라고 해도 일을 주진 않겠지. 마지막으로 일을 잘한다는 건 일은 일이라는 걸 확실하게 인지하는 것.

일은 일이다. 일은 인생의 큰 사건이 아니라 살아가기 위해 매일 해야 하는 양치나 세수 같은 것이다. 그러니까 뜻밖의 피드백을 받았을 때 왜 나한테 이런 말을 하냐며 부들부들 떨 일이 없다. 멘털 부서질 일도 없다. 일은 일일 뿐이며 상대적이라 나의 열심과 상대의 만족이 일치하지 않을 수도 있다. 그럴 수 있다는 걸 인지한 상태로 최선을 다한다. 내가 열심히 했으니까 좋은 얘기만 할 거라 기대하지 않는다. 그런 건 현실에 없다. 백번 잘하다가 한 번 못할 수도 있고, 백번 이해해 주다가 한 번 어긋날 수도 있다. 일은 그렇게 상대적이다.

잊지 말아야 할 것은 대필이 협업이라는 사실이다. 혼자 앉아 글을 쓴다고 해서 나 혼자만의 일이 아니다. 출판이라는 것, 그러니까 책을 낸다는 건 원고를 쓰는 사람과 그걸 잘 편집하는 사람과 깔끔하고 예쁘게 디자인하는 사람과 인쇄하는 사람과 마케팅하는 사람이 모여 하는 공동 작업이다. 최상의 제품을 만들기 위해 함께 고군분투한다. 그 과정에 나오는 일에 대한 의견은 — 그것이 부정적이든 긍정적이든 — 기꺼이 받아들여야 한다. 쿨하게.

쿨하게 일을 하고 밥을 잘 먹으면서 출판사 사람들과 오래도록 같이 일했다. 나와 함께했던 담당 편집자가 회사를 나가면서 일이 끊기기도 했지만, 기다리면 다른 부서에서 연락이 오기도 했다. 가끔 출판사에서 더 이상 대필 작업이 필요한 책을 만들지 않을 때는 의뢰가 끊기기도 했다. 그럴 땐 일이 아닌 관계라도 잘 이으려 노력했다. 사람 일이라는 건 어떻게 될지 알 수 없으니 언젠가 내가 필요할 때도 있다.

지내보니 나의 일은 누군가에게 선택받는 것이었고, 그렇다는 건 기다리는 직업이라는 뜻이었다. 괴로워하면서 괜히 굶고 인상 쓰다가 어쩌다 온 안부 전화를 뾰족하게 받는 낭패를 겪지 않기 위해 밥도 잘 먹어 뒀다. 연락이 오지 않는다고 불안에 떨 시간에 하루를 제대로 살아야지. 그렇게 생각하면서 마음을 편히 가졌다. 마음이 편해지니 친절해졌고. 안부도 더 자주 묻게 됐다.

대필뿐 아니라 전반적인 사회생활을 하면서 일로 사람을 만날 땐 가급적 좋은 컨디션을 유지하려고 노력한다. 컨디션이 무너지면 쓸데없이 비굴해지거나 지나치게 교만해지기 쉽다. 좋은 컨디션으로 내 안의 좋은 나를 꺼내려 한다. 그래서 만나고 싶었던 인터뷰이들과의 인터뷰가 잡히면 더 잘 먹는다.

영상의 시대를 맞아 아쉽게 더 이상 발행되지 않는 <설화수>의 명사 인터뷰는 특별히 더 든든하게 먹고 했던 일이다. 국내 각 분야의 멋진 여성들을 만나는 코너였는데, 그 만남은 늘 설렜고 언제나 잘하고 싶었다.

특히 배를 잘 채우고 갔던 정유정 작가와의 인터뷰는 처음부터 끝까지 전부 생생하다. 정유정 작가라니! 가을호 인터뷰였고 촬영은 여름이었다. 나는 신나는 마음을 감추지 못하고 촬영장에 도착했다. 인터뷰이 도착 전에 미리 모여 있던 스태프들은 각자 제일 좋아하는 정유정의 소설에 대해 큰 소리로 말했다. 원래 인터뷰이에게 폐가 될까 어떤 것도 요청하지 않는 사람들인데 주섬주섬 에코백에서 소장 중인 정유정 작가의 책을 꺼냈다. 어느 스태프는 친구들의 부탁으로 사인받을 새 책 여러 권을 가져왔다. 스튜디오에서 스태프들과 나눴던 그녀의 소설 이야기, 각자 가져온 책을 높이 쌓아 두고 열린 작은 사인회…. 그날 있었던 과정 하나하나를 전부 세세히 기억한다. 아마 그 자리에 있었던 모두가 그럴 것이다. 자신의 글과 꼭

닮은 날렵하고 단단한 몸을 가진 소설가 옆에 모여 단체 사진을 찍은 건 그 칼럼을 위해 스태프들이 모인 이래 처음이었다.

정유정 작가는 출판사 담당자와 동행했다. 미리 준비해 둔 명함 두 장을 각각 건넸다. 인터뷰 진행할 이재영입니다. 명함을 보고 두 분이 동시에 물었다. 책방언니? 명함을 받은 사람이라면 누구나 한 번씩 하는 질문이다. 명함에 나의 직함을 책방언니라고 써 놓아서다. 네, 가평에서 책방을 하고 있거든요. 통성명을 마치고 정유정 작가가 헤어, 메이크업을 위해 별도의 방으로 들어간 뒤 출판사 담당자와 이런저런 이야기를 주고받았다. 나는 인터뷰이가 준비를 위해 자리를 비우면 동행한 사람에게 말을 건다. 인터뷰 장소에 함께 왔다는 건 최측근이라는 이야기고 누구보다 인터뷰이의 정보가 많은 사람이다. 그 사람에게 일종의 사전 인터뷰를 하는 것이다.

최측근을 통해 재빨리 그의 컨디션을 파악하고 주의해야 할 사항을 묻는 것만으로 인터뷰를 더 부드럽게 끌고 가게 된다. 가끔 인터뷰이가 말하고 싶어 하는 꼭 필요한 질문거리들을 제공받기도 한다. 작은 노하우라면 노하우다. 그렇게 몇 마디를 주고받으며 인터뷰를 준비하다가 시간이 남으면 개인적인 이야기를 하기도 한다.

그날은 인터뷰이의 정보 이외에 책방을 운영하는 나와 출판사 관계자 사이에 책과 일에 관한 이야기가 더해졌다. 책방만으로는 먹고살 수 없다는 걸 누구보다 잘 아는 분이니 무슨 일을 해서 먹고 사는지 궁금했을 것이다. 이렇게 매체 인터뷰도 하고요, 주로 하는 일은 대필이에요. 출판사 관계자가 한마디를 건넸다. 그러시구나!

단장을 마친 정유정 작가가 바로 나왔으므로 우리의 이야기는 거기까지였다. 즐거운 촬영과 인터뷰가 끝나고 다시 인사를 나누고, 돌아와 '시간의 어떤 순간마다 정유정의 이야기가 존재한다'는 제목의 인터뷰 원고를 썼다. 가을호가 발간되고 몇 계절이 지난 나중에 그때 저장해 둔 출판사 관계자에게 연락이 왔다. 대필 의뢰였다. 새로운 연이 그렇게 시작됐다.

전엔 대필 일을 숨겼다. 출판사 사람들을 만나도 내 이름으로 출간한 책 이야기만 했다. 어느 순간부터 어차피 쓰는 일인데 굳이 숨기지 않기로 했다. 이런저런 계산 없이 툭 터놓으니 새로운 인연으로, 새로운 일로 확장됐다. 이제 나는 책과 관련된 사람들을 만날 땐 명함을 건네며 덧붙인다. "이재영입니다. 제 글도 쓰고 남의 글도 써요. 에세이를 쓰면서 대필을 하고 있습니다."

인연은 어디에서 어떻게 이어질지 모를 일이다. 유명 연예인의 책을 대필하고 그의 소개로 절친한 아티스트의 책을 쓰기도 했다. 대필은 관계를 맺고 사람이 사람으로 연결되며 그렇게 일이 일을 낳는다. 한 번의 추수로 끝나지 않고 여물었던 과실이 어딘가에 흩어져 씨로 남았다가 다시 싹을 틔우고 열매를 맺는다. 씨가 어디 떨어졌나 둘러보지 않아도 애쓰지 않아도 할 일을 잘 끝내고 나면 분명 어딘가에 새로운 싹이 돋는다. 그러니 일단 사납지 않고 친절하도록 밥을 든든히 먹어 둘 일이다.

당신이 사랑하는책
Book You Love
책방 언니
이 재 영
설악작은책방 북유럽
경기도 가평군 설악면 신천리 464-4 설악터미널상가 1층
E-mail _ book-youlove@naver.com
이재영
NINA LEE
Magicspspsp
@gmail.com

+ 나의 다양한 명함들

대필과 소양

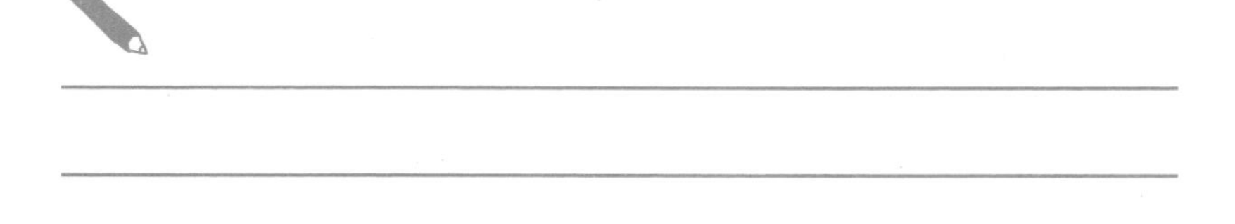

그해 파리에서는 계획이 자꾸 어긋났다. 날을 정해 찾은 현대미술관 팔레 드 도쿄Palais de Tokyo는 다음 전시 작품 설치로 휴관 중이었고, 발자크 문학 박물관 '발자크의 집'도 수리 중으로 닫혀 있었다. 아쉬운 대로 파리의 공동묘지 페르 라셰즈Père Lachaise Cemetery 안의 발자크 묘소를 찾았다. 시도니 가브리엘 콜레트, 오스카 와일드, 에디트 피아프, 마르셀 프루스트, 짐 모리슨을 지나 묘지의 안쪽에 오노레 드 발자크가 있었다. 2월의 쓸쓸한 날이었지만 아직 푸른 나뭇잎들이 그의 묘를 호위하듯 두르고 있어 한참을 두리번대야 했다.

반가웠다. 파리로 떠나기 전 발자크의 『나귀 가죽』과 『루이 랑베르』를 읽고 그의 『인간희극』 시리즈를 전부 읽어 봐야겠다는 생각을 해서는 아니었다. 소설도 좋았지만 발자크에 관심을 갖게 된 건 슈테판 츠바이크가 쓴 『츠바이크의 발자크 평전』을 읽어서였다. 이 책은 나치를 피해 망명생활을 하던 츠바이크가 죽기 직전까지 썼던 것이다. 안타깝게도 그는 이 작품을 완성하지 못하고 아내와 함께 자살했다.

그해 2월에 파리에 있었으니 『츠바이크의 발자크 평전』을 읽은 건 그 전해 연말이었다. 늘 그랬듯 인구 만 명이 되지 않는 면소재지의 겨울은 혹독했다. 눈을 치워야 하는 때가 아니면 사람들은 집 밖으로 잘 나오지 않았다. 침침하게 태양을 가리고 있는 안개는 정오나 되어야 걷히고 오후 5시 무렵부터 어둠이 노크하는 마을에서 하루를 얼마나 외롭지 않게 견디느냐가 우리 모두에게 주어진 미션이었다. 어떤 이들은 낮부터 어울려 차나 술을 마셨고 어떤 이들은 아예 도시로 떠나기도 했다. 나의 경우는 음식과 술을 잔뜩 사다 냉장고를 채워 두고 두꺼운 책 여러 권을 준비하는데, 그 겨울 읽을 책 중 『츠바이크의 발자크 평전』이 있었다.

『츠바이크의 발자크 평전』을 준비한 건 가을에 읽은 츠바이크의 『체스 이야기』와 『낯선 여인의 편지』 때문이었다. 대부분 나의 독서 목록은 이런 식으로 연결된다. 그러니까 『체스 이야기』와 『낯선 여인의 편지』를 읽고 『츠바이크의 발자크 평전』을 읽은 후 발자크의 『나귀 가죽』과 『루이 랑베르』를 읽는 식. 꼬리에 꼬리를 물고 연결되는 책의 세계는 항상 신비롭다.

그 연말은 외롭지도 고독하지도 않았다. 인터뷰나 책방 일로 외출해야 하는 날을 제외하고 거의 매일 아침 장작을 넣어 난로에 불을 붙이고 집 안을 데워 놓은 다음 먹고 마시고 읽고 썼다. 츠바이크가 조사하고 연구해 알려 준 발자크는 너무나도 인간적이었다. 고작 오십여 년을 살았으면서 2,000명이 넘는 인물을 만들어 낸 대단한 작가였지만 우리네와 다르지 않게 욕망의 노예가 되어 허세도 떨고 실수도 자주 했다. 매일 커피를 물처럼 마시며 잠을 줄여 글을 쓰던 워커홀릭이었고, 한편으로 사업을 벌이고 실패하고 벌이고 실패하기도 했다. 당대의 대문호들의 묵직함과 사뭇 다르게 나열되는 발자크의 인생을 따라가며 나는 그가 좋아졌다. 공증인 사무실에서 일하다가 작가로 성공해 '부자'가 되겠다는 생각으로 스무 살에 일을 그만두고 글을 시작하는 그가, 당장 걸작을 쓰지 못한다는 걸 인정하고 돈이 되는 삯글을 쓰는 글노동자로 살았던 그가, 죽을 때까지 부자를 꿈꿨으나 결코 부자가 되지 못했던 그가, 귀족인 척하기 위해 자기 이름에 전치사 '드de'를 넣은 그가, 욕망을 숨기지 않고 어떻게든 생을 바꿔 보려고 노력했던 그가, 사랑스러웠다.

삯글을 쓰다가 마침내 경지에 올라 자신만의 세상을 만들어 낸 그를 만날 수 있다면 만나고 싶었다. 만나면 어디에도 말하지 못한 나의 욕망과 욕심과 후회와 한탄을 쏟아 낼 줄 알았는데, 막상 그의 묘 앞에 서니 덤덤했다. 사는 건 뭘까 죽는 건 또 어떤 걸까, 이런 생각만 자꾸 났다. 이루어 낸다는 게 인간에게 어떤 효용을 가지는 건지 측정이 되지 않았다.

발자크는 20대에 이미 삯글 인생에서 벗어났지만, 마흔이 넘도록 여전히 아니면 앞으로도 계속 그렇게 살아갈 내 인생은 과연 무슨 의미가 있을까? 애초에 인간의 생에 의미라는 게 있긴 한 걸까? 빽빽하게 닿아 있는 수많은 묘비의 주인들도 사라지고 없는데.

덧없는 인생.

묘지를 나와 버스정류장에 가기 위해 길을 건넜다. 건널목을 사이에 두고 한쪽은 죽음으로 건너편은 삶으로 북적였다. 덧없는 인생의 임무는 주어진 하루를 잘 살아 내는 것. 숙소로 돌아가기 위해 올라탄 만원 버스 안에서 흐릿한 창밖 풍경을 바라보며 새삼 되뇌었다.

슈테판 츠바이크도 발자크만큼 바쁘게 살았던 사람이다. 시로 데뷔해 소설, 평론, 극본 등과 문학 외 여러 분야의 저술 활동을 했다. 특히 그는 전기작가로 유명했다. 이미 고인이 된 인물들의 자료를 모아 쓴 전기이니 완전한 창작물이지만 내 맘대로 츠바이크가 업계 선배라고 생각하곤 한다. 누군가의 인생을 글로 엮는다는 공통점이 있으니까, 생각하면서 슬쩍 이름에 기댄다.

발자크는 자정에 일어나 커피를 들이붓듯 마시며 수도복을 입고 골방에 틀어박혀 14시간에서 16시간 동안 소설을 썼다고 한다. 그렇다면 츠바이크는 어떻게 글을 썼을까? 빈의 많은 예술가들처럼 카페 자허 같은 곳에 앉아 원고를 쓰곤 했을까? 전기를 쓸 때 어떤 걸 가장 중요하게 생각했을까? 구성은 어떤 식으로 짰을까? 알 길은 없지만 딱 하나를 물을 수 있다면 방대한 양의 자료를 어떤 방식으로 정리해 구성했는지 알고 싶다. 천재의 비법은 나에게 적용 불가능하겠지만 과연 엄청난 양의 원고를 어떻게 수집하고 정리해 자기만의 문장으로 만들었을지 궁금하다.

츠바이크와 댈 건 아니지만 현실 세계에서 나의 작업 스타일을 궁금해하는 분들이 있다. 이 작가, 그걸 언제 다 썼어요? 다른 일도 있었다면서 어떻게 끝냈어요? 라고 묻는다. 대필이라는 일은 신용이 8할이기 때문에 약속을 어기지 않으려는 나름의 계획이 있다.

의뢰가 들어와 일이 시작되면 2주 혹은 3주에 한 번 의뢰인을 만나 3, 4시간 정도 인터뷰를 한다. 그리고 다음 만남까지 지난 인터뷰 분량을 원고로 만들어 놓는다. 잠시 쉬는 시간을 빼고 3, 4시간 나눈 이야기를 문서화시키면 200자 원고지 100매 정도의 분량이 나온다. 그 자료를 다듬고 깎아 글을 만든다. 그렇게 바로바로 작업을 해 놓은 뒤에 마지막 인터뷰를 끝내고 원고 전체를 펼쳐 놓고 새롭게 구성을 잡는다. 연대기로 할 것인지, 성과별로 추릴 것인지, 현재 시점에서 시작할 것인지, 아니면 과거부터 차근차근 이어 나갈 것인지. 말을 글로 풀어 놓은 원고가 완성되면 이야기의 전체 맥락이 펼쳐지면서 보지 못했던 것들이 보인다. 처음과 다른 방향으로 가게 될 때는 작업이 복잡해지기도 하지만 아무것도 없는 상태에서 만드는 것보다 시간이 훨씬 단축된다.

구성과 목차 작업이 끝나고 나면 원고 수정을 시작한다. 추가 인터뷰가 필요한 곳은 표시해 두었다가 인터뷰를 한 번 더 하면서 빈 곳들을 쫀쫀하게 채운다. 그리고 다시 원고 수정. 전체 문맥도 살피고 문장도 다듬는다. 이야기 중에 빠진 것은 없는지도 한 번 더 챙긴다.

대필이 시작되면 이 순서로 쳇바퀴가 돌아간다. 1년에 거의 매일 작업이 이어지기 때문에 쳇바퀴는 다른 작업으로 옮겨가며 계속 돈다. 만약 의뢰인이 2, 3주에 한 번씩 시간을 내기 힘들고 인터뷰를 몰아서 해야 한다면 내 선에서 2, 3주 단위로 계획을 세워, 나만의 작은 마감을 만들어 지킨다.

작업 기간이 길면 길수록 짧은 마감을 많이 만들려고 한다. 워낙 성격이 안달복달하는 편이기 때문이다. 괜히 느긋하게 게으름을 피우다 갑자기 절벽에 몰리는 상황과 마주하고 싶지 않다. 마감 노동자들끼리 모여 우스개로 발등에 불이 떨어져야 글이 더 잘 써진다는 이야기를 하곤 한다. 그건 사실이다. 마감이 닥치면 도무지 풀리지 않던 글도 술술 써진다. 잘 알고 지내는 어느 마감 노동자는 불이 발등 가까이 올 때까지 일부러 기다린다는데 나는 불이 허리춤에만 있어도 벌써 뜨겁다. 허벅지쯤 내려가면 온몸이 타들어 갈 거 같고 무릎쯤이면 불안해서 아무것도 못한다. 발등에 내려올 때까지 기다리다가 숨이 넘어가는 지경이 되는 것이다. 적어도 무릎쯤에서는 원고가 정리되어 있어야 마음이 편하다.

그래서 나는 의뢰인과 기간을 정해 놓고 적당한 간격마다 만나는 걸 선호한다. 다음 만남 전까지 지난번 인터뷰를 원고로 정리하며 작은 마감을 할 수 있어서다. 전체 마감 날짜 하나만 보고 일을 하면 다른 일에 밀려 마감 직전에 급하게 원고를 쓰거나, 마감을 지키지 못할 수 있다. 적금을 드는 것과 비슷하달까. 매달 조금씩 저금해 목돈을 만들듯 작은 마감으로 매번 인터뷰한 것들을 차곡차곡 정리해 두면 일이 훨씬 쉽다.

이렇게만 되면 좋지만 의뢰인의 스케줄에 따라 주기가 부담스럽게 짧거나 길 수도 있다. 이럴 땐 만남의 간격과 관계없이 계획을 세우고 지킨다. 마감이라는 불에 데이기 싫어 어떻게든 짜 놓은 계획대로 해낸다. 그렇게 쳇바퀴를 돌리며 같은 하루하루가 반복된다. 만나고 듣고 쓰고, 만나고 듣고 쓰고. 일 자체로 보면 꽤 단조로운 편이나 매번 사람이 바뀌고 다른 이야기가 펼쳐져 지루하지는 않다.

완전히 원고를 마무리하고 난 뒤나 짧은 마감을 이르게 끝내면 여행을 떠나거나, 친구들과 시간을 보내며 게으름을 피운다. 늘 이렇게 평화롭진 않다. 여느 직업인들과 마찬가지로 여러 일이 동시에 진행될 땐 정신을 더 바짝 챙긴다. 그렇게 바쁠 땐 강아지들이 "엄마, 바쁜데 일하세요! 우리끼리 나가서 똥도 싸고 오줌도 싸고 올게요!" 하고 씩씩하게 말해 줬으면 좋겠는데 귀엽게 꼬리만 흔들 뿐이다.

미룰 수 없고 미뤄서도 안 되는 강아지 산책을 빼놓고 나머지 시간을 효율적으로 일할 수 있도록 수를 쓴다. 나의 방법은 시간을 다르게 하고 공간을 분리하는 것이다. 하루 종일 같은 원고를 잡지 않고 낮과 밤을 분리해 각각 다른 원고 작업을 한다. 일이 있으면 머릿속이 불을 켠 것처럼 환한 채로 꺼지지 않는데, 시간대를 달리하면 스위치를 켜고 끄는 게 수월해진다.

일복이 터져서 각기 다른 세 개의 원고를 진행해야 했던 시기가 있었다. 그때는 원고 성격에 맞춰 오전에 하나 낮에 하나 밤에 하나씩 썼다. 아침형 인간이라는 경영인의 경영서는 눈을 뜨자마자, 에너지 넘치는 연예인의 에세이는 환한 낮에, 어느 인문학자의 책은 생각을 깊게 할 수 있는 늦은 밤에. 대필 원고와 내 원고를 함께 해야 하면 대필 원고는 낮에, 내 원고는 밤에 하는 식. 환한 낮에 마감을 향해 달리다가 밤에 조용히 내 원고를 만지고 있으면 글을 짓는다는 똑같은 작업을 하는데 전혀 다른 일을 하는 것처럼 느껴진다. 생계를 위해 하는 일을 마치고 꿈을 향해 새롭게 도전하는 완전히 다른 질감의 시간이다.

낮과 밤을 나눠 쓰는 것 외에 또 다른 방법은 공간을 분리하는 것이다. 지금 이 원고는 동네 카페의 내 지정석에서 쓰고 있다. 주변 시선이나 소음에 방해받지 않는 기둥 옆 구석진 창가 자리. 이곳에 앉아 차곡차곡 글을 쌓았다. TV 채널을 바꿀 때마다 다른 장면이 펼쳐지는 것처럼 공간을 옮기면 다른 이야기가 만들어진다.

상대적으로 일이 줄어들어 빈 시간이 생기면 책을 읽는다. 갑자기 시간이 주어지면 잉여의 느낌이 들기도 하는데 그게 싫어서 무엇이라도 한다. 보장되지 않은 프리랜서라는 직군의 특성상 미래에 대한 불안에 자유롭지 못할 때 책을 읽으면 마음이 편해진다. 실제로 독서는 일의 연장이다. 이것만큼 나를 상상하게 하고 경험하게 하는 게 없다.

많이 읽으면 잘 쓸 수 있다. 다양한 작가의 다양한 표현, 다양한 작가의 다양한 주제, 다양한 작가의 다양한 주장, 다양한 작가의 다양한 구성. 책 한 권 한 권이 전부 교재가 된다. 정치인, 연예인, 기업인 등 나의 일은 직업군 자체도 다양하지만 같은 직업군이라고 해서 개개인의 이야기가 다 같지 않다. 그 안에서도 사람들의 생각은 각기 다르고 책에 넣고 싶은 주제도 다양하다. 기업인 중에도 자수성가한 사람이 있고 전문경영인으로 엘리트 코스를 밟은 사람이 있는가 하면 가업을 물려받는 경우도 있다.

나는 상반기에 음악가의 인생을 살다가 하반기에는 체육인의 인생을 살고, 어느 땐 정치인과 의사의 삶을 겹쳐 살기도 한다. 건축을 배우지 않았어도 건축가의 이야기를 글로 쓰고, 문과 출신이 과학자의 이야기를 짓기도 한다. 소비만 하는 사람이 생산자의 이야기를, 마케터의 삶을 좇는다. 가톨릭 신자이면서 독실한 개신교 신앙 이야기를 펼치고, 유학 경험이 없어도 유학생의 고단함을 생생히 전달한다.

다양한 삶을 이해해 글을 만들기 위해서는 내 세계가 아주 넓어야 하는데 독서는 정신의 영토를 확장하는 최고의 수단이다. 의뢰가 줄고 일이 뜸해져 시간이 나면 야금야금 조금씩 작가들이 만들어 놓은 새로운 세계를 섭취한다. 그러다 다시 일을 시작하면 바로 깨닫게 된다. 그들의 글이 내 세계를 얼마나 토실토실하게 살찌워 놓았는지.

일을 하지 않아도 되는 온전한 시간이 주어지면 훨훨 날개를 달고 내 글을 써 나갈 것 같은데 막상 시간이 나면 무기력해진다. 오히려 대필 마감으로 바쁠 때 가속도가 붙어 내 글도 잘 써진다. 이렇게 아이러니하고 모순된 삶을 사는데 나보다 훨씬 많은 글을 쓰고 훨씬 밀도 있는 글을 썼던 작가들은 어땠을지 슬쩍 궁금해진다. 그러니까 츠바이크 선배님은 어떻게 그렇게 정교하고 풍성한 전기를 쓸 수 있었던 건가요? 그의 책을 읽으며 힌트를 찾아봐야겠다. 하면 할수록 이 일을 좀 더 잘하고 싶어졌으니까.

대필과 마감

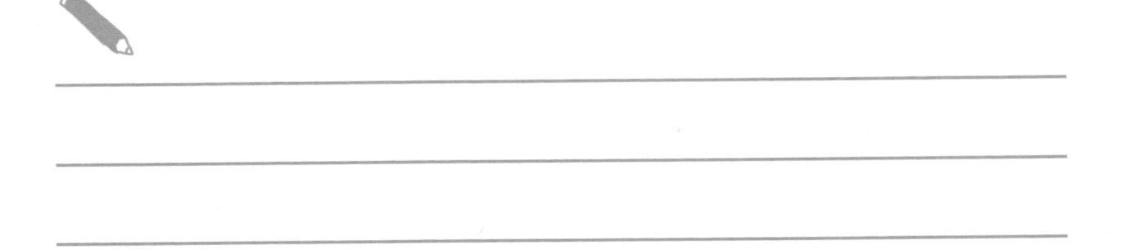

학창 시절을 생각해 보면 공부를 뛰어나게 잘하진 못했지만 숙제는 반드시 하는 학생이었다. 의외의 것을 만들어 내고 제안하는 엉뚱하고 기발한 학생은 아니어도 주어진 조건에서 좋은 걸 뽑아낼 줄 아는 그런 학생이기도 했다. 숙제 이상의 것을 해야 성적이 쭉쭉 오를 텐데 나는 일단 숙제를 마치고 나면 라디오를 듣고 책을 읽고 딴생각을 하느라 바빴다.

이렇게 쓰고 보니 지금 나의 일상과 너무 닮아서 소름이 끼친다. 딴짓을 하기 위해 마감을 칼같이 지키는 나는 만들어진 게 아니라 이렇게 태어난 것이었나. 세상에 대필작가가 되려고 태어난 사람은 없지만 대필작가로 적합한 사람은 있는 것 같다. 어쩌다 이 일을 하게 됐느냐는 질문을 받으면 어쩌다 보니 이렇게 되었다는 대답을 벗어나지 못했는데 이제 설명을 해 줄 수 있을 것 같다. 나는 대필작업에 꽤 잘 맞는 사람이었다.

대필은 글 쓰는 기술은 물론 사람과의 관계도 잘 맺어야 하고 긴 글을 제때 납품 가능하게 하는 추진력과 집중력, 성실함 등이 필요하다. 기술, 관계, 마감 등의 키워드에 부담이 없어야 한다. 저 키워드 중 내가 가장 자신 있는 순서대로 나열해 보자면 마감, 관계, 기술이고 실제로 일하면서 느낀 중요한 순서도 마감, 관계, 기술이다. 하여튼 마감이 제일 중요하다.

사회생활을 시작하면서부터 나는 초마감형 인간으로 살아야 했다. 월간 정기간행물을 여러 권 담당하는 담당 기획자로 살면서 마감=목숨이라는 공식이 새겨졌다. 청소 같은 집안일은 자주 미루는 게으른 인간이지만 외부 일은 주어진 시간보다 일찍 끝내야 마음이 편했다.

처음 단행본 시장에 발을 들였을 때 정말 당황했는데 마감이 너무 느슨하다는 것이었다. 밀도 높은 마감에 익숙해서 헐렁한 마감은 마감이라는 생각이 들지 않았다. 첫 책을 쓰던 초창기 가장 힘들었던 건 바로 그 정해져 있지 않은 마감과 출간일이었다. 담당 편집자는 아주 느슨하고 여유롭게 마감일 아니 마감 계절을 정해 줬다. 가을쯤 마무리하면 될 거 같다고 했는데 내 머릿속에서는 가을? 가을이면 9월인가? 10월인가? 11월인가? 가을바람이 불기 시작할 때인가, 낙엽이 다 떨어질 때까지인가? 10월의 어느 멋진 날에를 부를 때인가? 잊혀진 계절을 부를 때인가? 그 정확한 눈금을 찾느라 분주했다. 정기간행물 세상에서 한 번도 겪지 못한 일이었다.

정기간행물은 발행일이 정해지면 인쇄 날짜를 잡았다. 여러 변수에 대비해 발행 일주일 전쯤에 인쇄를 넘겼다. 그 때문에 늦어도 인쇄 일주일에서 열흘 전에는 원고가 끝이 나 있어야 했다. 원고가 다 돼야 디자인 작업을 할 수 있었다. 내가 할 일을 신속하고 정확하게 마무리해야 다음 작업, 그다음 작업으로 넘어갔고 제날짜에 책이 나왔다. 단행본 작업은 그와는 다른 세계였다.

"출간일은 언제인가요?"
"원고 완성되면 그때 맞춰 봐야죠."
"정확한 마감은 언제까지인데요?"
"되는대로 천천히 써서 주세요."

비명이 절로 나왔다. 되.는.대.로.천.천.히.그.때.가.서. 한 글자 한 글자 분명 내가 아는 글자인데 처음 접하는 언어 같았달까. 저런 말이 존재했었나? 책을 만드는 데 마감도 없고 발행일도 없다고? 나는 편집자에게 애처롭게 부탁했다.

"제발 저한테 마감일을 정해 주시면 안 되나요? 네? 제발요."

허허 웃으면서 아니에요, 너무 서두르지 마시고 편하게 하세요, 라는 담당 편집자에게 빌다시피 애타게 부탁해 겨우 마감 날을 받아 들고야 안도했다.

지금은 그 사이클에 익숙해졌다. 그때 천천히 시간을 가지라고 한 편집자의 말도 확실하게 이해한다. 내 일정을 생각해 준 측면도 있지만 내 글을 무르익게 하기 위해서였다는 걸. 어느 쪽이건 고마운 말이었다.

정기간행물 작업은 짜인 틀에 맞추는 것이었다. 외부 재료를 가득 긁어모으면 어떻게든 시간에 맞춰 그럴듯한 결과물을 낼 수 있었다. 하지만 단행본, 한 권의 책은 내 안을 가득 채워야 하는 일이었다. 내 속에 이야기가 흘러서 넘칠 정도가 되어야 겨우 조금 만들어졌다.

아침에 눈을 뜨자마자 거르지 않고 성실하게 글을 썼던 헤밍웨이는 그 물이 고갈될까 봐 하루에 600에서 700단어 정도의 원고만 썼다고 한다. 잘 써진다고 신이 나서 다 퍼냈다간 채우기 위해 그 몇 배의 시간이 필요하다는 게 이유였다. 첫 책을 낼 때 담당 편집자가 시간을 넉넉히 준 것은 확실한 배려였다. 처음 시작하는 내가 좀 더 시간을 가지고 차분하게 찰랑찰랑하게 글감을 채우기를 바라는 배려.

그러나 나에게는 어떻게 해도 도무지 고쳐지지 않는 나쁜 습관, 조급증이 있다. 기다리고 참을 줄을 모른다. 아예 관심이 없는 일은 한없이 기다릴 수 있지만(예를 들면, 살림의 여러 종류) 꽂혀서 시야에 들어온 일은 당장 결과를 봐야 직성이 풀린다. 이런 나에게 마감이 있는 세상에서 마감이 없는 세상으로 가는 건 새로운 대륙으로 거처를 옮기는 것과 같았다. 언어, 토양, 공기, 습도 모두가 낯선 땅에 정착하는 일이었다.

새로운 대륙에 어렵게 정착했지만 좋은 성과를 내는 건 정말 쉽지 않았다. 나의 글만으로 생활을 이어 나갈 수 있는 정도였으면 했는데, 좀처럼 그 허들을 넘지 못했다. 긴 시간 지독히도 운이 따르지 않는다며 한탄했다.

만약 나의 첫 책 『아이와 함께하는 서울 나들이』가 신종플루를 만나지 않았다면, 판매 상승세를 이어 갈 수도 있었을까? 아이와 함께하는 바다 나들이, 아이와 함께하는 명산 나들이, 아이와 함께하는 근교 나들이를 연달아 펴내고 사교육 없이 아이와 여행을 다니는 엄마로 TV에 출연했을까? 이름이 알려지면서 아이와 여행 노하우를 전하느라 여기저기 불려 다니다가 '아이와 함께하는 여행 학교' 교장이 되었을까? 아이와 함께하는 여행 학교 교장이 낸 책이라면 무조건 구매해 주는 열혈 독자들 덕에 출판사의 신뢰를 한 몸에 받고, 어쩌면 개인 콘텐츠를 찍느라 너무 바빠 『아이와 함께하는 대학 캠퍼스 나들이』는 누군가에게 대필을 맡겼을지도…. 그렇게 됐을 수도 있을까? 하지만 현실은 오늘도 마감해야 할 대필 원고가 쌓여 있다.

무라카미 하루키의 『직업으로서의 소설가』에 글을 쓰기 전 준비 과정에 대한 이야기가 나온다. 장편 소설을 쓰기 전에 그는 모든 청탁을 끊는다. 즐겨 하던 번역 작업도 접어 둔다. 책상 위도 말끔하게 정리하고 소설을 시작한다. 시간을 두고 자유롭게 이런저런 생각을 하다가 써야겠다는 생각이 점점 차오르면 새 소설을 시작한다. 하루키뿐 아니라 많은 작가가 그럴 것이다. 일도 마음도 정갈하게 정리를 한 뒤 작업을 시작한다. 헤밍웨이도 하루키도 찰랑찰랑한 상태를 만들었기에 헤밍웨이가 되고 하루키가 됐다.

생각해 보면 그간 내 저서들의 실패는 노력 부족도 불운도 아니었다. 마감에 집착하는 조급증과 얼른 끝내 버리려는 성급함의 컬래버가 원인이었다. 그런데 재미있게도 이 둘의 컬래버 덕분에 대필 작가로 밥벌이를 한다. 대필의 가장 중요한 1번은 마감. 글 쓰는 내가 제일 좋아하는 단어도 마감.

대필은 내 글과 달라서 물을 채우지 않아도 알아서 물이 공급됐다. 바닥이 보이게 탈탈 털어 쓰고 나면 다음 인터뷰에서 의뢰인이 다시 콸콸콸 쏟아부어 줬다. 물 마를 새가 없었다. 그 물을 가득 퍼서 글을 만들어 내는 것이 내 임무였다.

사람이 내리기 전에 차 문을 닫고, 손가락이 낀 채로 방문을 닫거나, 급히 움직이다가 발가락을 찧는 건 예사, 물을 마실 때도 급하게 들이켜다 찍 하고 턱에 흘리기 일쑤인 나같이 급한 사람에게 대필은 딱 맞는 일인지도 모르겠다. 20여 년 마감 노동자로 일하면서 마감을 지키지 않은 적이 없었다(아마 이 책이 마감을 지키지 않은 최초의 원고가 될 것 같다). 나는 원고를 마감 날짜보다 당겨서 미리 완성해 두는 편이다. 다른 일들과 겹쳤을 때 곱드러지지 않기 위해서이기도 하고 무엇보다 그렇게 해 둬야 마음이 편하다.

처음 일을 계약할 때 확실하게 마감을 지킨다는 것을 장점으로 내세우곤 했다. 수영선수가 대회에 참가하면서 물에 잘 뜬다고 자랑하는 것 같은 느낌이어서 글을 잘 쓰겠다는 말은 하지 않았다. 물론 마감 노동자이니 마감도 기본 덕목이긴 하지만 생각보다 이걸 제대로 해내는 사람이 흔치 않다는 걸 알고 있었다. 그 때문에 마감만 잘해도 꽤 큰 점수를 받는다는 것도.

사보기획사에서 정기간행물을 만들 때 원고를 청탁하면 제때 마감을 지키는 필자를 만나는 게 쉽지 않았다. 단행본도 비슷했다. 원고를 받기 위해 당근과 채찍을 번갈아 들고 부탁과 회유와 사정을 하는 편집자들의 슬픈 이야기를 자주 들었다. 이런 사정이라 마감을 잘 지킨다는 건 꽤 든든한 무기가 됐다.

대필작가로 자리 잡기 위한 노하우 딱 하나만 알려 달라고 한다면 주저하지 않고 마감을 지키는 것이라고 말하겠다. 마감을 잘 지킨 이력은 같이 일하는 사람들에게 꽤 매력적인 스펙이다. 대필이 필요한 책의 상당수가 시의성을 안고 만들어진다. 지금 세상이 원하는 이야기를 내놓아야 하는데 멋지고 근사한 글을 쓰느라 때를 놓치면 아주 곤란하다. 글을 아무리 잘 쓴다고 해도 마감을 지키지 않으면 의미가 없다.

마감형 인간이라고 큰소리치지만 나도 가끔 마감에 쫓길 때가 있었다. 지나치게 잘하려고 할 때마다 위기였다. 너무 잘하고 싶은 마음이 크면 아무것도 할 수 없게 됐다. 쓰고 지우고 쓰고 지우면서 시간만 흘려보내고, 달려도 달려도 집을 찾지 못하는 꿈을 꾸는 듯 써도 써도 나아가지 못했다.

가을볕이 좋았던 오래전 어느 날 딸아이와 나눴던 이야기가 떠오른다. 주말 아침이었다. 머릿속엔 지난밤 끝내지 못한 원고를 생각하며 소파에서 아이를 안고 잠시 뒹굴뒹굴했다. “엄마 토요일인데 왜 하나도 안 신난 표정이야?” 동그란 눈을 마주하고 묻는 아이에게 풀 죽은 목소리로 “아직 마감을 못 해서.”라고 했다. 아이는 몸을 돌려 천장을 바라보며 말했다. “그 기분 나도 알아. 방이 점점 ‘쫍’아지는 기분이지? 나도 토요일에 숙제가 남아 있으면 그렇거든.” 다시 몸을 돌려 내 얼굴을 마주한 아이는 비밀을 알려 준다는 듯 속삭였다. “근데 엄마 숙제 다 하고 나면 방이 금방 넓어져. 엄마

방도 마감이 끝나면 넓어질 거야. 파이팅."

대필작가는 마감할 줄 아는 사람이고, 마감을 잘하는 사람이고, 마감을 절대로 어기지 않는 사람이면서 돈과 글을 수평저울 양쪽에 놓고 받은 만큼의 결과물을 낼 수 있는 사람이어야 한다. 대필 의뢰를 한 어느 출판사에서 나에게 이런 질문을 한 적이 있다.

"작가님, 혹시 최종 원고 넘기고 수정을 몇 번이나 하시나요?"

"무슨 수정 말씀하시는 거죠?"

"최종 원고를 넘긴 뒤 어느 정도, 몇 번이나 수정하는지 궁금해요."

"저는 추가 원고가 필요한 경우가 아니면 수정이 거의 없는 편이에요. 최대한 완벽하게 해서 드리려고 노력해서요."

자신만만해 보이지만 이렇게 일하지 않으면 계속해서 쓰일 수 없다. 그걸 잘 알고 있기 때문에 매번 최선을 다하려 한다. 그 출판사는 지난 작업에서 원고가 제대로 나오지 않아 애를 먹었다고 했다. 구성이 잘 이루어지지 않아 엉성한 채로 넘어온 원고를 다시 보내고, 다시 보내 여러 번 수정 과정을 거쳤음에도 결국 편집자가 원고를 만들다시피 해 책을 냈다고 했다.

출판사에서 대필작가를 고용하는 이유는 편집자들의 업무를 줄이기 위한 것도 있다. 그들의 일은 주어진 원고를 말 그대로 '편집'하는 것인데 집필할 능력이나 시간이 없는 저자와 작업을 하다 보면 종종 대신 원고를 쓰는 일이 일어나고, 업무에 과부하가 걸려 스케줄을 제대로 맞추지 못하게 된다. 기껏 업무를 줄이자고 돈을 들여 사람을 썼는데 아무런 효과가 없다면 낭패니 대필작가를 구할 때 기존 작업들이 어땠는지 물었을 것이다.

때때로 일을 잘한다는 칭찬을 받는다. 그건 일을 '제대로' 한다는 의미라고 생각한다. 세상이 원하는 건 일을 '잘하는' 사람이 아니라 '제대로 하는' 사람이고 생각보다 일을 '제대로 하는' 사람이 많지 않은 게 현실이다.

삶은 달라질 기미가 보이지 않는데 나이만 먹어 간다는 두려움에 의기소침해지면 남편은 나를 '유능'하다고 치켜세워 주곤 한다. 응원차 하는 말이라는 걸 알면서도 말도 안 되는 소리라며 싫은 티를 내지만, 이제는 안다. 유능이 대단하다는 의미가 아니라 성실하게 약속을 잘 지킨다는 뜻이라는 걸. 그리고 그것은 대필작가가 반드시 갖춰야 하는 덕목이고 나는 대필 작업에 어울리는 덕목을 가진 사람이라는 걸.

+책방 문을 연 5월 6일이면 매년 기념사진을 찍는다.

대필과 돈

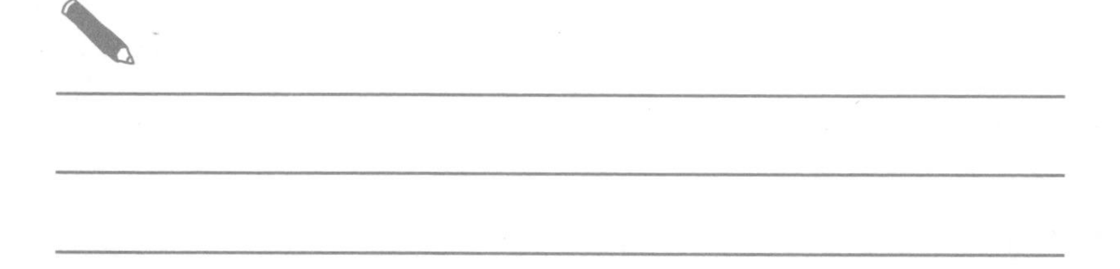

판권을 살펴보니 2006년 7월 초판 발행이다. 2006년의 나는 월급 생활자였다. 이 책을 샀을 때가 떠오른다. 사보 기획을 하던 나는 마감을 하고 나면 서점을 한 바퀴 돌며 다음 호 기획거리를 찾았다. 스마트폰이 나오기 전이라 정보를 찾기 위해 도서관이나 서점에 직접 가야 했다. 자료조사라는 명분으로 업무 시간에 서점을 가는 건 한 달 중 가장 행복한 시간이었다. 가끔은 내가 읽고 싶은 책을 사는 데 시간을 쓰기도 했다. 『우아하게 가난해지는 방법』은 그 시절 자료조사차 서점에 가서 산 책이다.

그즈음은 아이 없는 맞벌이 삼십 대가 그렇듯 한창 돈을 벌 시기였고, 또 한창 쓰는 시기였다. 연차와 돈을 모아 해외여행을 가고, 뮤지컬 마니아가 되어 매주 뮤지컬을 보고, 가끔은 명품 가방이나 구두 같은 것을 사면서 괜한 허세를 부리기도 했다. 어차피 다음 달에 월급이 들어올 것이니 괜찮았다. 일이 없어진다는 걸 상상하지 못하던 시절이었다.

그럴 때였는데 서점에서 제목을 보자마자 내용이 너무 궁금했다. 우아하게, 라는 말에 꽂힌 건지 가난해지기, 라는 단어에 마음이 간 건지 모르겠다. 어울리지 않는 그 두 표현 사이의 삶이 궁금했던 걸까? 책은 몰락한 귀족 집안의 후손으로 태어나 가난과 부유함 둘 다 낯설지 않았던 작가가 회사에서 해고당한 뒤의 이야기였다.

작가는 월급생활자에서 자유기고가로 비정기적인 수입으로 살게 되면서 자신의 삶의 태도를 새롭게 정립했다. 재미있었고, 생각할 거리도 많았다. 나는 "인간은 오로지 올바른 태도를 통해서만 윤택한 삶을 누릴 수 있다.", "인간은 실제로 돈이 없어도 아니면 최소한 아주 적은 돈으로도 얼마든지 부유한 삶을 누릴 수 있다. 이를 위해 필요한 것은 '생활양식'이다." 같은 문장에 줄을 쳤다. 작가는 편안한 삶과 우아한 삶을 구분하라면서 우아한 생활양식을 갖는다면 돈이 없어도 충분히 여유로울 수 있다고 했다.

신선했다. 이렇게 살 수도 있구나, 비교하지 않고, 나만의 속도 나만의 스타일로 살 수도 있네, 가난해질 때를 대비해 우아해지려고 노력해야겠다면서 줄 친 문장을 싸이월드에 멋지게 기록해 놓은 뒤 책장에 꽂아 뒀었다.

세월이 흘렀고 그 사이사이 헬렌과 스콧 니어링 부부의 『조화로운 삶』이라든가 헨리 데이비드 소로의 『월든』을 읽었다. 그 역시 줄을 치고 문장을 옮겨 적었다. 와중에 나의 생활양식은 크게 달라지지 않았다. 대필 일을 시작한 후 무명의 가려진 삶에 염증을 느끼면서 차라리 완벽한 이방인이 되자며 여행을 더 자주 떠난 것이 변화라면 변화일까. 나는 여전히 소비하고, 소비하고, 또 소비하면서 마음을 다스렸다.

대필 일을 한다는 건 공공연한 비밀이었다. 누군가 그래서 무슨 일을 하세요? 물으면 내 책도 쓰고 남의 것도 쓰고 그래요. 대충 뭉뚱그리고 넘어갔다. 업계 사람들이 아니면 남의 책을 쓴다는 게 어떤 것인지에 대한 설명이 필요했다. 그냥 대필, 이라고 하면 다 알아들을 텐데 그 두 음절, 대. 필. 을 입 밖으로 내지 못해 빙빙 돌려 말하느라 애를 썼다. 직업에 대해 말할 때면 고장난 컴퓨터처럼 단어를 고르느라 한참 정지상태로 말을 멈췄다. 혹시라도 사람들이 남의 글을 써 준다고 업신여기는 건 아닐까 전전긍긍했다.

나는 의뢰인과의 신뢰를 위해 나를 드러내지 않겠다고 스스로 세운 원칙을 지키느라 무슨 일로 먹고사는지 속시원히 말하지 못했다. 나는 매일 일을 했는데 어느 회사에 다닌다든가 이런 책을 냈다든가 하는 말을 못 하니 사람들에게 노동을 확인시킬 방법이 없었다. 일이 없어 보이는데 만나자면 바쁘다 하고, 시간이 없어 허덕거리는 나를 친구들은 의아해했다. 그 무렵에는 소비가 내 노동의 증거라고 생각했다. 무슨 일을 하는지 잘 모르겠지만 잘 벌고 잘 먹고 산다는 이미지를 심어 주려고 애썼다. 사람들에게 굳이 내 노동을 확인시키지 않아도 된다는 생각은 왜 하지 못했을까?

나라는 사람은 무던히도 남을 신경 쓰며 살았는데 그것은 아닌 척 남몰래 다른 사람을 평가하던 나에게서 기인한 불안이었다.

어느 직업 앞에서 말로는 멋진 일을 한다며 쿨한 척하지만 속으로는 재단하고 깔보는 마음을 가졌던 나이기에, 다른 사람들도 분명 나를 그렇게 볼 거라고 짐작했다. 바뀌어야 하는 건 남의 시선이 아닌 나의 시선이었다. 지금의 나는 무엇보다 다른 이들을 향한 나의 삐뚤어진 시선을 바로 잡으려고 노력 중이다. 내가 바로 봐야 남들도 나를 바로 봐 준다는 걸, 아니 삐딱한 시선도 내 안에서 바로 선다는 걸 이제 안다. 내가 내 일에 당당할 때 다른 이들도 나를 인정해 준다는 걸 뒤늦게 알게 됐다.

조금 다른 이야기인데 대필뿐 아니라 사보 기획 일을 하면서도 늘 부끄러운 마음을 꼬리표처럼 달고 살았다. 큰 신문사나 주류 잡지의 기자에 비해 못나고 비루하다고 여겼다. 가끔 기자 간담회에 참여하면 당당하게 손을 들고 질문하는 다른 매체 기자들의 질문을 조용히 받아 적기만 했다. 인터뷰이 섭외를 할 때도 늘 쩔쩔맸다. 그랬던 나와 다르게 요즘 후배들은 정말 멋지다. 세상이 많이 바뀐 것도 있지만 그들은 마인드가 정말 좋다. 일은 일일 뿐 위아래가 있다고 생각지 않는 것 같다. 위축되는 것 없이 어디서든 당당하게 소속을 밝히고 자신이 맡은 매체를 이야기한다. 그들의 태도가 그들의 일을 반짝이게 한다. 대필의 세계도 그들 특유의 당당함으로 빛이 나는 날이 올 거라 믿는다. 그 전에 내가 앞서 먼지를 좀 털어 내도록 노력해야지.

다시 돌아가, 노르스름한 빛깔로 세월을 드러내는 『우아하게 가난해지는 방법』은 대필작가로 일하며 경제적인 문제에 부딪혀 흔들리고 불안할 때 약을 먹듯 꺼내 읽던 책이다. 언제 읽어도 여전히 유용했다. 대필작가로, 수입이 일정치 않은 프리랜서로 내 삶을 어떻게 꾸려 가야 하는지 좋은 길잡이가 되어 줬다.

책을 읽고 나면 다시 정갈하게 삶을 다듬게 됐다. 읽고 반성하고 실천하고 다시 돌아가고 읽고 반성하고 실천하기를 반복하지만 그러면 좀 어떤가. 삶은 정리하고 나면 다시 지저분해지는 책상이다. 어느새 수북하게 불필요한 것들이 쌓이지만 다시 깨끗하게 치우면 된다. 얼마든지 언제든지 새롭게 시작할 수 있다.

『우아하게 가난해지는 방법』의 작가 알렉산더 폰 쇤부르크는 진정한 가난은 너무 완벽하기를 바라는 마음에서 비롯되니, 완벽을 버리고 편안함 대신 우아함을 선택하라고 말한다. 가령 삶을 편리하게 해 준다는 최신식 기계를 선택하는 대신 그 여백이 주는 여유로움을 누리는 것. 하드웨어보다 소프트웨어에 집중하는 것. 사물로 채우기를 멈추고 그 자리에 생각과 대화와 온기를 채우는 것. 부유하게 보이는 사람들을 흉내 내는 대신 내 속을 탐험하는 것. 특별한 하루에 대한 환상을 버리고 매일의 특별함을 발견하는 것. 남들에게 지기 싫어서 하나라도 더 사려고 애쓰기를 그만두는 것. 물건을 늘리기보다 내 주변을 쾌적하게 만드는 일에 심혈을 기울이는 것.

오랜만에 『우아하게 가난해지는 법』을 다시 읽고 난 얼마 후였다. 친구와 식사를 하는데 한숨부터 쉬기 시작했다. 월급생활자로 살다가 코로나가 시작되기 직전에 프리랜서가 된 친구는 어떻게 생활해야 할지 모르겠다면서 들쭉날쭉한 수입에 난감해했다. 나는 조금 잘난 척을 하면서 훈수를 뒀다.

"보여 주기 위한 삶에서 벗어나렴."

"그게 무슨 소리야?"

"프리랜서의 수입은 일정치 않아. 안정적인 수입이 오래 지속되길 바라지만 꿈같은 이야기지. 안정적으로 살고 싶다면 수입의 안정을 바랄 게 아니라 소비의 안정을 찾아야 해. 누군가 나를 선택해 일을 의뢰받는 건 내 마음대로 할 수 없는 일이지만, 삶의 양식을 결정하는 건 내가 할 수 있는 일이니까."

친구는 이미 소비라는 걸 하지 않은 지 오래됐다며 비명을 질렀다. 그 얘기에 서로 킥킥 웃다가 빵 하고 웃음이 터졌다.

"그래 이미 가난한데 뭐 우아를 찾고 있냐."

"새 일이 들어오는 건 접어 두더라도 일한 돈이나 바로 받으면 좋겠어."

친구의 말에 깔깔대던 웃음이 멈췄다.

프리랜서에게 작업료를 받는 건 도대체 왜 그렇게 힘든 일일까? 우리가 가난해도 우아할 수 없는 건 바로 그것 때문인지도 모른다.

나는 똑 부러지게 돈 얘기를 하지 못하는 인간으로 자랐다. 아빠는 자주 '치사하게 그럴 순 없다'고 했다. 엄마가 동네 사람들 모여서 밥을 먹는데 술도 안 마시는 당신이 왜 돈을 내느냐고 하면 아빠는 치사하게 뭘 그런 것 가지고 그러냐는 식이었다. 부자 아빠의 가르침과 가난한 아빠의 가르침이 다르듯 치사함을 싫어하는 아빠의 가르침도 따로 있었다. 때 되면 다 알아서 줄 텐데 쩨쩨하게 돈 얘기 꺼내고 그러지 말라는 가르침. 이런 나에게 프리랜서라는 직업은 조금 버거웠다. 정해진 날짜에 돈이 들어오는 월급쟁이와는 다르게 프리랜서라는 직업은 진짜 자꾸 치사해져야 하는 일이었다.

누가 정한 건지, 우리나라의 원고료 시스템은 좀 이상했다. 원고를 넘기면 돈을 주는 게 아니라 원고가 매체에 실리면 돈이 나온다. 예를 들어 8월호에 들어갈 인터뷰 꼭지를 맡았다고 하자. 6월에 섭외가 들어가 6월에 인터뷰이와 인터뷰를 진행한다. 그리고 7월 초까지 원고를 완성해 보낸다. 8월호에 내가 쓴 원고가 인터뷰 기사로 실리는데 그 8월호의 정산은 9월이다. 이자도 없이 원천징수 3.3%를 착실히 떼고 준다. 이 과정에 나에게 원고를 의뢰한 담당자가 회사를 그만두거나 혹은 너무 바빠 내 고료를 정산에서 누락시키면 더 기다려야 하는, 분노를 부르는 일이 벌어지기도 했다. 지금은 많이 개선돼 이런 회사가 거의 사라지고 있다. 그래도 여전히 원고를 받고 나면 그때부터 느긋해지는 곳이 있다. 미리 물건을 넘겨주고 돈을 받지 못한 나만 애가 닳는 것.

정기간행물과 다르게 언제 출간될지 기약 없는 단행본 세계에서는 가끔 더 길게 더더 길게 기다리게 될 수도 있다. 그럴 때면 나는 몇 개월을 치사해지지 않으려고 안간힘을 쓴다. 그러다 결국…

'별일 없으시죠? 어떻게 지내시나 궁금해서 연락드렸어요.'

아니야, 이건 너무 뜬금없어.

'날이 많이 덥네요. 비가 많이 오네요. 진짜 너무 추워요.'

차라리 이런 스몰토크가 나을까? 중요한 이야기를 이렇게 시작하는 건 좀 그렇겠지?

'안녕하세요. 이재영입니다. 드릴 말씀이 있어서 연락드립니다.'

너무 사무적인가? 말투가 딱딱해서 호전적으로 보이려나?

조금 더 세련되고 조금 더 부드럽게 그렇지만 단호하게 돈 달라는 말을 하기 위해 메시지를 쓰고 지우고 쓰고 지우다 갑자기 욕을 한다. 백스페이스 키를 누르고 있는 손가락이 너무 비굴해 보이면서 화가 난다. 이건 짜증이 아니라 화다. 화와 짜증은 다르다. 짜증은 딱히 이유를 모르겠지만 어딘지 심사가 꼬인 상태라면 화는 화, 어떤 근원이 있어 그것으로부터 시작된 불길이 활활 타오르는 상태다. 좋게, 잘, 온화하게 해 보려던 처음의 마음과 다르게 저 깊숙한 곳에서 치솟는 불길을 진압하지 못하고 터져 버리는 것이다.

"아니 내가 적선해 달라는 것도 아니고 일한 돈 받겠다는데 왜 이렇게 고민을 해야 하냐고오!"

"쇼 미 더 머니! 쇼 미 더 머니! 쇼 미 더 머니이이이이이!"

친구의 절규에 다시 웃음이 터졌다.

"더 끔찍한 게 뭔 줄 알아? 간헐적 단식을 한답시고 16시간을 굶어 봤지? 그 이후에 어떻게 되니? 우리를 탈출한 맹수처럼 냉장고 속 모든 음식을 격파하며 간헐적으로 폭식을 하잖아. 딱 그것처럼 착한 척, 쿨한 척하면서 누르고 참다가 폭발해서 앞도 뒤도 없는 메시지를 전송하는 거야. 이재영입니다. 고료 입금 언제 해 주시나요? 이렇게."

"으!"

친구는 다시 비명을 질렀다.

"커피 한 잔 주세요, 하면서 내가 돈을 내면 커피를 주잖아. 서점에서 읽고 싶은 책이 있으면 응당 계산대에서 돈을 줘야 책을 받을 수 있잖아? 버스를 타도 삑 하고 요금을 지불해야 목적지까지 갈 수 있는 거고. 그런데 왜, 왜, 원고료만 이렇게 나중에 나중에 나중에 내가 그 원고를 썼었나 싶을 때 입금해 주는 걸까? 그래서 에이전시가 있는 거야. 세상에서 제일 어려운 게 돈 얘기거든. 우아하게 살려면 돈이 필요한데 돈 얘기를 하면 우아해지지 않는단 말야. 누가 나의 제리 맥과이어가 되어 주지 않으니까, 그래서 내가 나의 제리 맥과이어가 되어 줘야 해."

친구는 다시 큭, 하고 웃음을 터뜨리려다가 눈을 동그랗게 떴다.

"좋은데!"

사실 대필 작업은 오래된 영화 속 주인공이었던 스포츠 에이전시 매니저 제리 맥과이어가 필요 없을 정도로 작업료가 잘 들어온다. 하지만 계약을 위해 제리 맥과이어가 꼭 필요하다. 대필작가는 인세가 아닌 작업료로 계약을 진행해 통으로 묶어 한 권을 쓰면 얼마를 받는 식이다. 금액은 원고량이나 일의 강도, 작업 기간에 따라 달라지는데 대부분 계약서에 명시된 대로 입금된다. 그러니 계약서가 정말 중요하다. 얼마를 받을지, 언제 작업료를 받을지를 잘 조율해 계약 조항을 정리해 주는 제리 맥과이어가 있어야 한다. 돈을 밝힌다는 인상을 주기 싫어 헐값에 계약을 해도 안 되고 괜히 작업료를 부풀려 받아도 곤란하니까. 헐값에 계약하면 일하는 내내 손해를 보는 것 같은 기분에 좀처럼 흥이 나지 않는다. 부풀려 받으면 부담스러워서 힘들어진다. 적당히, 그 작업에 딱 맞는 금액을 조정하는 것이 필요하다.

그렇게 잘 조정해도 돈이 들어오는 건 들쭉날쭉하다. 일정한 때 일정한 금액이 들어오지 않는 것이 프리랜서의 숙명. 언제쯤 계약금이 들어오고 언제쯤 잔금을 받을 것인지를 잘 헤아려 운용해야 한다. 계약 사항에 따라 최종 원고를 넘기고도 책이 나오기까지 몇 달이 지나 잔금을 받는 경우도 있다. 경험으로 팁을 전하면 절대로 잔금 받을 걸 계산해 미리 돈을 쓰지 않는다. 돈이 통장에 들어와야 내 돈이라는 생각으로 산다. 또 하나 꼭 지키는 것은 계약금은 생활비로 나눠서 쓰지만 잔금의 50%는 모아 둔다. 그렇게 차곡차곡 모아서 나름대로 일년치 연봉 정도의 퇴직금을 스스로 만들어 놓는다.

프리랜서의 일은 부침이 있다. 내 의지, 내 능력과 상관없이 일이 들어오지 않기도 한다. 세상엔 수많은 변수가 있고 그게 나를 비켜 간다는 법이 없으며, 어떠한 보장도 받지 못하므로 미래의 나를 위해 오늘의 내가 미리 준비를 해 놓는다. 흉년에도 먹고 살 식량을 곳간에 채워 두면 비바람이 계속 몰아쳐도 덜 불안하다. 이 비만 그치면 다시 다음을 준비할 수 있다.

나만의 돈 관리 방법도 생겼고, 스스로 제리 맥과이어가 되어 주고 있지만 프리랜서의 세계는 여전히 녹록지 않다. 나를 치사하게 만드는 파트너들이 나타나고, 때론 비굴했다 치사했다 포효한다. 하지만 나는 나의 제리 맥과이어이므로, 치사해도 할 말은 하려고 한다. 어찌 됐든 프리랜서에게 돈이란 참 우아해지긴 힘든 그런 것이다.

+ 알렉산더 폰 쇤부르크의 『우아하게 가난해지는 방법』은 출판사를 바꿔 『폰 쇤부르크 씨의 우아하게 가난해지는 법』으로 개정 출간되었다.
+ 제리 맥과이어는 스포츠 에이전시의 이야기를 다룬 영화 <제리 맥과이어>의 주인공 이름이다.

대필과 갑을

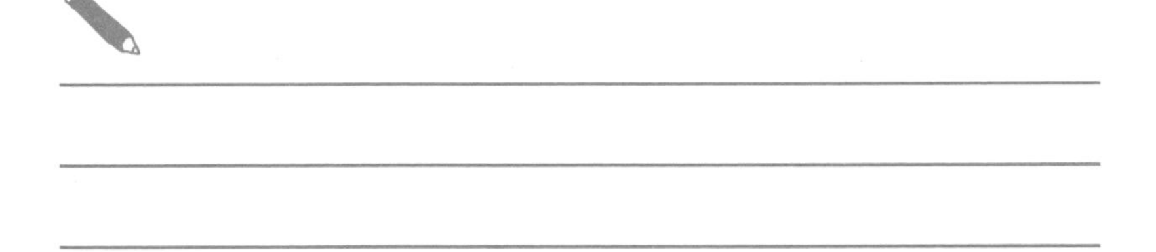

처음 단행본 계약서를 썼을 때 '갑'이 나를 지칭하는 말이라는 것을 알고 놀랐다. 사회생활을 시작하면서 나는 항상 '을'이었다. 어느 기업의 홍보용 정기간행물을 만든다는 건 어느 기업 홍보실의 담당자를 클라이언트로 두는 것이었고 클라이언트는 곧 갑이었으며 갑이 아닌 나는 을이었다. 담당자가 나와 같은 사회초년생일 때는 갑을을 떠나 서로 친구가 되기도 했고, 승진에서 밀려나 몇 년간 홍보 담당자에서 벗어나지 못한 묵은 대리가 갑일 땐 갑의 변덕을 맞추느라 애를 써야 했다.

갑이 하지 못하는 일을 대신하는, 전문성을 갖춘 을이라는 생각으로 살았지만 갑의 생각은 내 생각과 다르기도 했다. 을이었던 나는 나중에 갑이 되면 하지 말아야 할 목록들을 차곡차곡 쌓았다. 영영 갑이 되지 않을 수도 있지만 어쨌든 갑이 되었을 때 이것만은 반드시 하지 말아야지 싶은 것이 있었다. 떼쓰지 말기, 억지 부리지 말기, 감정적으로 행동하지 말기 같은 것이었다. 일하다 억울한 일을 겪으면 을을 존중할 것, 을의 전문성을 인정할 것, 을의 시간을 빼앗지 말 것, 나의 잘못을 을에게 넘기지 말 것, 모든 책임을 제대로 질 것, 일이 마무리된 뒤엔 갑과 을의 관계에서 벗어날 것 등도 있었다.

그러다 어느 날 나는 갑도 을도 아닌 자연인으로 돌아왔고 생애 첫 책 계약서에서 오랜만에 갑과 을이란 단어를 발견한 것이다.

뜻밖에 갑 옆 빈칸에 쓰인 내 이름을 보고, 쓰는 일은 주로 을로 분류되는 게 아니냐는 농담을 건네니 편집자는 저자가 '갑'이라며 웃었다. 절대 갑질은 않겠다고 계약서에 사인을 하며 다짐했다. 그러나 사실 나는 갑질을 할 틈도 없었다. 갑이 된 지 얼마 되지 않아 다시 을이 되었으니 말이다.

대필을 시작하고 나는 다시 을이 됐다. 이번에 갑은 의뢰인, 즉 저자였다. 저자라면 글을 쓰는 사람을 말하니 나를 부르는 호칭이 되어야 맞지만 책의 주인이라는 뜻으로 의뢰인을 저자라고 불렀다. 자신의 이름으로 책을 내는 사람은 저자, 나는 대필작가.

대부분 을이 갑에게 원하는 키워드는 세 가지 정도다. 존중, 책임, 적당한 거리 두기. 대필 일을 하면서 의뢰인을 만날 때 이 세가지를 항상 생각한다. 대필은 일대일로 밀착해서 하는 일이기 때문에 을 또한 어떻게 하느냐에 따라 갑의 태도가 달라진다. 미러링이 되는 관계이므로 먼저 존중하고 선을 넘지 않으려고 노력한다. 책임을 다해 성실하게 일하는 건 기본이다. 그러면 갑이 나를 대하는 마음도 달라지기 마련이다.

함께 일하는 사람끼리의 유대는 서로를 존중하는 것에서부터 시작된다. 상대를 존중한다는 건 그를 사랑하는 일이다. 대필 작업을 하면 나는 잠시 그가 되어 살아가려고 애쓴다. 가수, 배우, 방송인, 패션디자이너, 예술가, 교수, 의사, 여행가, 기업인, 정치인 내가 겪어 본 적 없고 경험한 적 없는 세상이지만 나의 세상이라고 생각해 배우고 관심을 기울인다. 정성껏 상대의 세계를 관찰한다. 그의 작은 감정이라도 놓치지 않고 이해할 수 있도록.

잘 모르던 시절에 가졌던 오해는 그 세계를 사랑하는 순간 사라진다. 세상의 평판이나 다른 사람의 시선이 아니라 그 사람 그 자체 그대로 온전히 알려고 하는 것. 이게 대필작가로서 내가 의뢰인을 대하는 방법이다. 이야기를 들어야 글을 쓸 수 있는 입장에서는 상대가 나에게 모든 걸 털어놓도록 만들어야 하니 존중하는 일은 대필의 제1 요소일 수도 있겠다. 상대가 나를 존중한다는 느낌을 받으면 누구든 마음을 열지 않을 수 없으니까. 그러다 보면 어느새 갑과 을 같은 단어는 희미해진다. 갑도 없고 을도 없다.

그러나 세상의 사랑들이 그렇듯 전부 해피엔딩은 아니다. 그를 만났던 날은 겨울이었다. 잔뜩 긴장해 인사를 건네니 겨울 공기를 바른 듯 차디찬 인상이 금세 풀어졌다. 그는 재고 따지기 전에 옳다고 생각한 걸 해내는 걸로 자신의 분야에서 유명했다. 기회가 되면 인터뷰를 한번 하고 싶었는데 대필을 하게 됐으니 만나기 전부터 사랑할 준비가 되어 있었던 셈이다.

기대와 달리 작업 시작부터 조금씩 어긋났다. 그가 원하는 것이 아주 분명했는데 내가 용납할 수 없는 것이었다. 그는 자신의 취향인 소설 몇 권을 예로 들며 그런 식으로 글을 써 주길 바랐다. 한 소설가의 화려하고 독특한 문체를 베껴 주었으면 했다. 일단 알겠다고 하고 나는 그렇게 하지 않았다. 이야기 자체가 충분히 무게감이 있는데 굳이 다른 이를 모방할 필요가 없었다. 사건 사고와 우여곡절을 넘나드는 그의 삶은 좀 더 담백한 문장이 어울렸다. 그가 좋아하는 소설을 기준 삼았지만 그렇게 쓰지 않았다. 그는 요청대로 써 줄 것이라고 나를 믿었고 나는 그가 특별한 취향을 말한 정도라고 여기고는 그냥 내가 생각한 방향으로 작업을 진행했다. 마침내 엄청난 분량의 원고가 완성됐다. 여러 번 검토를 마치고 출판사에 원고를 넘겼다.

그런데 메일을 보내고 얼마 되지 않아 다급한 연락이 왔다. 이렇게 평범한 원고로 책을 낼 수 없다고 그가 노발대발했다는 것이다. 결국 나는 그간의 작업료만 받고 그 작업에서 빠져야 했다. 나에게 직접 연락을 해 나와 조율한 것도 아니고, 출판사와 정리를 해 버렸다는 사실에 충격을 받았다. 옅게 지워지려 했던 갑과 을이라는 단어가 다시 선명하게 도드라져 다가왔다.

그 이후 슬럼프에 빠졌다. 우울감이 가슴팍까지 밀려와 찰랑댔다. 일에 대한 환멸, 스스로에 대한 실망, 아무것도 할 수 없을 거라는 두려움, 실패했다는 부끄러움. 괜한 생각으로 가득 찬 머리를 비우기 위해 책만 읽었다. 그 무렵 얼마나 많은 책을 읽었던지. 생각 없이 그저 읽고 또 읽고 닥치는 대로 읽으며 우울 섞인 감정의 홍수를 수습했다. 말도 안 되게 힘든 상황에서도 다시 일어서는 바보 같은 주인공들의 삶을 보며 부정적인 생각을 흘려보내려 노력했다.

별빛도 다 가려 버릴 듯한 짙은 어둠의 경험은 결과적으로 대필작가라는 업에 대해 조금 더 깊게 생각할 기회가 됐다. 대필작가란 무엇인가? 상대의 이야기를 글로 써 주는 것이다. 주체는 내가 아닌 상대이고 주도권은 그에게 있다는 걸 잊고 있었다. 그동안 서로 쿵짝이 맞아 사랑과 존중을 주고받는 관계에 익숙해져 내가 을인 줄 모르고 일해 왔는데 아니었다. 상대의 메시지가 나의 세계관과 맞지 않더라도 존중해야 하는 게 나의 임무. 있는 그대로, 원하는 대로 그 안에서 최선을 다할 것. 그리고 반드시 기억해야 할 건 나에게 진상은 건너편이지만 상대가 볼 때는 내가 진상일 수도 있다는 사실. 분명히 원하는 걸 말했는데 엉뚱한 방향으로 원고를 쓴 대필작가는 을질을 한 진상이었을지도 모르겠다.

기숙사에서 지내는 딸이 집에 와서 이런 말을 했다. "우리 방에 진상이 없다면 혹시 내가 진상은 아닌지 의심해 보라는 우리만의 격언이 있어." 진리였다. 사람들은 대부분 진상으로 살지 않으려 엄청난 노력을 한다. 배려하고 조심한다. 꼭 그렇지 않더라도 적어도 진상이 되려고 마음먹는 사람은 없다. 진상이란 대부분 자기도 모르는 사이에 되어 있는 것. 세상에 누구도 내가 이 세상에서 제일가는 진상이 되겠다고 마음먹지 않는다. 갑질도 을질도 마찬가지다. 누구도 일부러 '질'을 하진 않을 것이다. 만약 작정한 것이라면 정말 세상을 잘못 살고 있는 매우 불쌍한 사람이다.

대필이라는 업이 글 기술을 이용해 돈을 벌 수 있는 몇 안 되는 일 중 하나인데 선뜻 트랙 안으로 들어오지 않는 글 고수들이 있다. 남의 이야기를 써야 한다는 부담 때문일 수도 있지만, 타인과의 상호관계가 불편하기 때문일 수도 있다. 누군가를 상대해야 한다는 건 온갖 변수 그러니까 갑질을 당하거나 내가 을질로 진상이 될 가능성이 있는 일이다. 일보다 사람이, 관계가 더 힘든 경우들이 있다. 그러나 느슨하게 조금 느슨하게 생각하면 못 할 일은 아니다.

일단 서로의 '질'에 얽매이지 않기 위해 기준을 적당히 풀어둔다. 각자의 기준은 상대적일 수밖에 없으니 너무 팽팽하지 않게 여유를 주는 것이다. 내 기준이 누군가에게는 헐겁고 누군가에게는 벅차지 않도록 너무 엄격한 잣대를 들이대지 않으려 한다.

관계에 거리를 두는 건 내가 실수하지 않기 위해서가 첫째이고 두 번째는 상대가 나에게 실수하지 않게 하기 위해서다. 가까워지면 실수하게 되어 있다. 나는 사람을 좋아하는 천성을 타고났지만 나이 들면서 점점 사람들과 거리를 둔다. 다정하되 친밀해지지 않으려 한다. 친밀해서 걷잡을 수 없이 악화된 관계를 많이 경험했고 많이 목격했다.

친밀한 관계는 기대라는 씨앗을 품고 있다. 그 씨앗은 시간을 양분 삼아 무럭무럭 자라난다. 기대가 피워 내는 꽃의 이름은 실망. "기대를 저버리지 않았다."라는 문장은 최종 성립 되지 않는다. 한두 번은 기대를 저버리지 않는다 해도 영원히 그럴 순 없다. 언젠간 반드시 기대를 저버리게 되어 있다. 기대의 앞에 '큰'이나 '작은' 같은 관형어가 붙는 이상 어쩔 수 없다. 적당한 기대는 절대로 지속되지 않는다. 기대는 점점 커지는 속성을 가지고 있다.

친밀했던 모두는 서로 기대를 키웠던 사이이다. 그리고 그만큼의 실망을 안겨 줬던 사이이기도 하다. 부모가 그렇고 형제자매가 그렇고 남편과 자식도 마찬가지다. 나의 감정, 마음, 생각과 꼭 맞는 감정과 마음과 생각은 세상 어디에도 없다. 누구도 내가 기대한 만큼 채우지 못한다. 나와 같은 기준과 잣대를 가진 사람은 존재하지 않는다. 그렇게 그들은 내 기대를 저버리고 나 또한 그들의 기대를 저버리면서 살아간다. 실망하고 또 실망하면서. 세상에 누구도, 나를 낳은 엄마도 내가 낳은 나의 자식도 내가 될 수 없다. 그러나 그들과는 회복의 시간이 있다. 기대하지 않고 바라봤을 때의 다정한 모습을 알고 있으므로 여간해선 실망에서 절망으로 나아가지 않는다.

일을 하는 관계에서 기대를 저버리는 건 다른 문제다. 일에 대한 서로의 기대를 저버려서는 안 된다. 나도 의뢰인도 마찬가지다. 서로 긴밀하게 작업을 해야 하는 사이에 균열이 생기면 일의 진행이 울퉁불퉁해진다. 나아가다 말고 엉뚱한 길로 접어들기도 한다. 그러나 관계에 대한 기대는 다른 문제다. 때로는 관계가 얽히고설켜 일에 지장을 주기도 한다. 일은 일이고 관계는 관계이며 일로 만난 관계는 가급적 기대 없이 깔끔해야 한다는 게 내 생각이다.

가끔 아주 가끔 외로운 의뢰인과 일을 하게 될 때가 있다. 아무에게도 하지 못했던 자신의 이야기를 솔직하게 털어놓으면서 훅 마음을 연다. 그리고 암묵적으로 내 문도 열길 바라지만 나는 매우 조심하는 편이다. 차라리 그럴 땐 일이 끝난 뒤, 안부를 나누며 조금씩 가까워지려고 한다. 섣부르게 서로 마음을 주었다가는 마침내 기대를 저버렸답니다, 로 끝나는 뻔한 이야기가 되기 쉽다. 나도 상대의 마음을 모르고, 상대도 내 마음을 알 리 만무하다. 일에는 일, 괜한 기대로 실망을 안기지 않도록 적당한 거리를 두는 이유다.

살면서 내 기대를 저버리지 않은 사람은 없었다. 나 또한 한 번도 누군가의 기대를 완벽하게 충족시키지 못했다. 기대를 저버리지 않는 유일한 측근은 내 강아지들. 인간 중에는 그 누구도 없다. 나 자신도 내 기대를 저버리는데 누가 내 기대에 맞춰 줄 수 있겠는가. 그저 적당한 거리를 두는 수밖에.

갑과 을, 적당히 가깝고 적당히 먼, 느슨하게, 기대 없이 존중하고 신뢰하는 아름다운 사이. 서로에게 도움이 되고 좋은 영향을 주고받아 멋진 결과물을 내는 관계. 이런 갑을 관계를 추구하려 한다. 물론 나 혼자 추구한다고 될 일은 아니지만 나 먼저, 나만큼은 추구하려 한다.

이 원고를 써 놓고 얼마 후 산을 좋아하는 기업가의 자서전 의뢰가 들어왔다. 프로필과 포트폴리오를 정리해 보냈는데 첫 미팅 전에 책 제목을 먼저 제안해 달라는 요청이 왔다. 제목은 원고가 다 나온 뒤에 원고를 토대로 여러 안을 내서 결정하는데 뜻밖이었다. 사실 좀 무례한 부탁이지만 알겠다고 했다. 일을 할 때 내 선에서 해결할 수 있는 요구사항은 군말하지 않고 들어주는 편이다. 대필작가 일을 하던 초창기엔 만만하게 보일까 봐 더 까다롭게 굴었다. 미련한 태도였다. 어차피 일을 하는 당사자는 나인데 의뢰인과 괜한 기싸움을 해 봤자 작업에 좋을 게 없다. 저 사람 뭐야, 갑질하는 거야? 하고 아니꼽게 생각하지 말고 상상력을 좀 더 확장해 헤아리면 못 할 것도 없다.

그 기업가도 포트폴리오로 내가 누구의 어떤 책을 썼는지 다 봤으나 자기와 결이 맞는지 확인하고 싶었을 수 있다. 중간에 말을 전하는 출판사 관계자가 오히려 미안해했다. 괜찮았다. 그 정도는 해 줄 수 있는 일이었다. 나는 요청대로 신문 기사나 기존에 출간했던 책 등을 참고해 몇 가지 제목을 뽑아 줬다. 마음에 들어 했고 첫 미팅이 잡혔다.

첫 만남에서 나는 알았다. 그 일을 하게 되지 못할 거라는 걸. 산을 좋아한다는 그는, 등산이 취미도 아니고 등산에 대해 아는 것도 없는 작가가 영 못 미더운 눈치였다. 시간이 없으니 등산을 하면서 인터뷰를 해야 할지도 모른다는 말에 나는 해 보겠다고 고개를 끄덕이면서도 토를 달았다. 그렇게 하면 집중이 되지 않고 양질의 이야기를 얻지 못할 거라고. 만약 계약하게 된다면 그때 가서 좀 더 확실하게 말할 셈이었다. 그런 식의 작업은 일의 속도만 늦출 뿐이라고 말이다.

미팅은 이렇게 서로 다른 이야기를 하며 흘러갔다. 안 되겠구나, 싶었고 결국 계약까지 가지 못했다. 의뢰 당사자와 미팅을 하고 계약 못 한 건 대필을 시작하고 처음 있는 일이었지만 나는 괜찮았다. 어차피 계약을 하자고 해도 내가 고민했을 일이었다. 작업 방식의 차이부터 조율해 나가야 하는데, 이 일이 얼마나 지난하게 진행될지 훤히 보였기 때문이었다. 의뢰인은 본의 아니게 갑질을 하게 될 테고, 나도 참지 않고 을질을 할 수도 있는 상황이 펼쳐질지도 몰랐다. 그러느니 여기서 서로의 차이를 인정하고 시작하지 않는 것이 옳다는 생각이 들었다.

갑에게 상처를 받을 때 사람은 불완전한 존재라는 걸 떠올리려 한다. 사람은 사람이기에 완벽할 수 없다. 불완전한 존재가 완벽하다는 건 앞뒤가 맞지 않는다. 갑도 또 을인 나도 사람이고, 그래서 불완전하다. 만났던 의뢰인 모두 이름이 알려지고 일가를 이뤘어도 저마다의 작은 결핍이 있었다. 대필작가로 인터뷰어로 수많은 사람을 만나고 몇만 매의 원고를 쓰면서 알게 됐다.

이제 '질'에 상처받지 않고 우리는 서로 완벽할 수 없다는 걸 인정하며 나아간다. 지금의 일이 마지막이 아니고, 넘어지고 깨지고 이해하고 보듬으며 성장한다.

대필과 성장

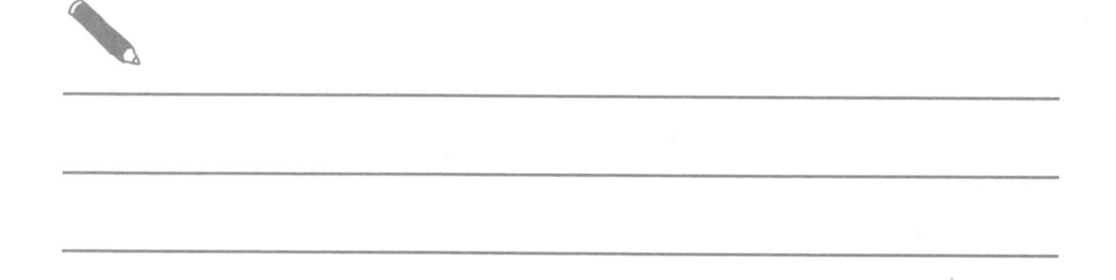

낙원상가 옆 돼지 부속물을 삶는 쿰쿰한 냄새가 배어 있는 골목을 지나며 직업인으로 성큼 성장했던 시기가 있었다.

이승만 정권에 정치적 살해를 당한 독립운동가 죽산 조봉암 선생의 딸 조호정 여사의 회고록 작업을 하게 됐다. 사단법인 죽산 조봉암 기념사업회는 종로3가 좁은 골목, 엘리베이터도 없는 오래된 건물 5층에 있었다. 아마도 오랫동안 그곳에 있었을 건물의 안은 옛 드라마 세트장 같았다. 독립운동가의 기념사업회라면 좀 더 멋진 곳에 있어야 하는 거 아닌가, 친일파 후손들의 사무실은 번쩍번쩍하다던데. 그런 생각을 하며 노크를 했다. 사무실 안은 건물 분위기와 달리 정갈했다. 사무실에는 기념사업회 회장님과 조호정 여사의 사위이자 기념사업회 이사님이 기다리고 계셨다.

"안녕하세요. 이재영입니다."

"반가워요. 뭐 마실 것 좀 줄까요?"

"괜찮습니다."

인사를 하면서 표정을 살피는데 정말 반가워하는 눈치였다. 그분들에 비해 어린 여자 작가라고 우습게 보거나 함부로 할 것 같지 않은 온화한 표정이었다.

"조봉암 선생에 대해서는 알죠?"

"네, 진보당 사건에 대해 알고 있습니다."

"조봉암 선생에게 따님이 한 분 계십니다. 이 파일에 있는 원고가 따님 조호정 여사가 직접 쓴 글이에요. 조호정 여사는 조봉암 선생이 상해에서 독립운동하실 때 태어나셨죠. 자라면서 내내 아버지의 딸이자 동지였어요. 조봉암 선생이 정치보복으로 돌아가신 후에도 아버지의 명예 회복을 위해 애쓰며 사셨죠. 여기 이것 좀 보세요. 일흔 무렵에 글을 남겨야 하지 않겠냐는 주변의 권유로 이걸 직접 쓰신 건데…."

건네받은 파일에는 두툼한 원고 뭉치가 들어 있었다.

"일흔에 쓰신 거면 벌써 20년도 훨씬 전의 일이네요? 그때 왜 책으로 내지 않으셨나요?"

"당시 사면 복권 관련해 복잡한 상황이라 여력이 없었어요. 언젠가 내야지 내야지 하다가 시간이 흘렀고, 조호정 여사의 상태가 많이 안 좋으셔서 지금이라도 서두르려고 해요. 이 작가가 해 줄 수 있겠어요?"

"많이 안 좋으시다면 제가 뵐 수는 없는 건가요?"

"만나 뵙긴 해야겠지만 아마 대화가 잘 안 이루어질 거예요. 깜박깜박하시는데, 컨디션이 좋으면 뜻밖의 이야기를 해 주실 수도 있고….

제 아내가 많이 도와줄 겁니다."

"그렇다면 이 원고만으로 써야 하나요?"

"내가 예전에 옆집 살았어요. 우리 아버지가 조봉암 선생님 마지막까지 모셨지요. 그 집 사정은 내가 잘 아니까 궁금하면 나한테 물어도 됩니다."

허허 웃으며 회장님이 거드셨다.

"나이 든 남자 작가보다는 그래도 여자 작가가 좀 더 공감하지 않을까 싶고, 여사님도 덜 불편해하실 것 같아서 이 작가에게 의뢰하는 거예요."

"네, 감사합니다. 잘해 보겠습니다."

호기롭게 큰소리를 치고 사무실을 나와 돌아가는 내내 마음이 복잡했다. 지나는 길에 운현궁이 있었는데 잠깐 그 안에 들어갔다. 작은 문을 하나 통과했을 뿐인데 내가 사는 세계와 너무나 다른 공간이 펼쳐졌다. 나와 여사님의 삶의 차이 같았다. 내가 그 세월을 온전히 다 이해할 수 있을까? 일제강점기와 전쟁을 겪고 억울하게 아버지를 잃은 그 마음을, 갑작스러운 이별과 그리움으로 세기를 건너온 그 삶을 잘 정리할 수 있으려나? 벤치에 앉아 건네받은 파일 안에서 자필 원고 복사본을 꺼냈다. 당당하게 쭉 뻗은 힘 있는 글씨체. 아버지를 삼켜버린 역사에 대한 원통함, 아버지에 대한 그리움이 가득 담긴 딸의 편지는 이렇게 시작됐다.

"가신 지 벌써 40年이 됩니다. 지금도 어제 일같이 가슴 아프고 생생합니다."

첫 줄부터 묵직했다. 일흔이 된 딸이 아버지가 돌아가신 날을 회상하며 써 내려간 사부곡은 절절했다. 아, 이거 어쩌나. 그렇게 걱정 가득 시작한 일이었다.

언젠가 산책 중에 모르는 전화번호로 연락이 왔었다. 프리랜서는 발신인이 확인되지 않는 전화를 반드시 받아야 한다. 그것이 설령 보이스피싱 전화라고 해도 일단 받고 봐야 한다. 팔 할은 연변 사투리를 쓰는 자칭 경찰이나 검찰이지만 그래도 나머지는 새로운 의뢰다. 전화를 받으니 다행히 또렷한 표준어가 들렸다.

"이재영 작가님, 저는 ○○기업 홍보팀장입니다. 저희 회장님 자서전 의뢰 건과 관련해 뵐 수 있을까요?"

당연한 말씀. 마침 마감을 앞두고 다음 작업을 기다리던 나는 반가움을 애써 감추며 약속을 잡았다. 전화나 메일로 해도 되는 걸 왜 굳이 보자고 하는 걸까 의문이 들었지만 다 이유가 있다고 생각해 그를 만났다.

기업의 회장님은 여든 중반의 나이. 아들이 경영을 물려받아 일선에서는 물러난 명예회장이자 창업주였다. 홍보팀장은 회장의 거동이 편치 않고 까다롭다며 할 수 있겠느냐고 물었다. 창업 당시 자료들이 거의 분실됐고 회장님의 기억력도 흐려 하게 된다면 주변 인물들에게 많이 기대야 한다는 말도 덧붙였다.

네… 뭐…까지만 하면 될 걸 한 마디를 더 보탰다. 그러시다면 자서전보다 평전을 만드시는 건 어떤가요? 창업주이시니 주변에 정보를 주실 분들이 많을 텐데 그분들의 이야기를 바탕으로 만들어 보는 것도 방법이지 않을까요?

그는 고개를 갸우뚱했다. 그래도 아직 살아계시니 자서전 형식이 더 좋을 것 같습니다. 점잖게 말하며 일단 프로필과 작업료를 정리해 메일을 보내 달라고 했다. 미팅을 마치고 돌아오며 생각해 보니 도무지 꼬장꼬장한 어른과 작업할 엄두가 나지 않았다. 평전의 형식이라면 당사자가 아닌 다른 사람들의 이야기가 도움이 되니 해 볼 만할 것 같은데. 어쨌든 메일로 프로필을 보내 놓고 답변을 기다렸다. 내 마음을 읽었는지, 메일을 보내고 며칠 후 함께 작업할 수 없게 돼 유감이라는 답변이 돌아왔다. 회장님의 연배를 생각해 결정했다는 정중한 거절이었다. 나보다 나이가 많은 남자 작가 두어 명에게도 오퍼를 넣고 셋을 비교한 듯했다.

메일을 받고 시원하기도 하고 섭섭하기도 했다. 사실 대부분 일을 맡길 생각으로 연락을 해와서 미팅을 한 뒤의 거절은 거의 겪어보지 못한 일이었다. 한편으론 여든이 넘은 할아버지를 어떻게 맞추나, 차라리 잘됐다 싶었다. 이유가 있다지만 거절은 거절이므로 찝찝했다.

만약 그 의뢰가 조호정 여사의 회고록을 쓴 다음에 들어왔다면 적극적으로 가능성을 어필했을 것이다. 그때는 할 수 없는 일이었는데 이제는 할 수 있게 되었다. 감히 상상할 수도 없는 세월을 살아 낸 어른의 이야기에 지레 겁을 먹었지만, 작업을 하면 할수록 알 수 있었다. 그것은 그저 한 인간의 이야기였다. 사랑하고 이별하고 그리워하고 외로워하다 다시 사랑을 하고 이별하고 그리워하는 돌고 도는 수레바퀴에 실린 한 사람의 인생 이야기.

조호정 여사 댁으로 가 뵙자마자 나는 서둘러 노트북을 열고 녹음기를 켰다. 병환 중이라 거동이 편치 않은 여사님이 말끔한 모습으로 거실로 나와 소파에 앉으셨다. 나는 빠르게 인사를 건네고 질문을 쏟아 냈다.

“상해 풍경 기억나세요? 어린 시절 살았던 집 풍경이요. 골목길이나 집이나, 기억나는 거 있으면 얘기해 주세요.”

여사님은 서두르는 나를 보며 빙긋 웃으시더니 아주 천천히 답하셨다. “그게 그렇게 갑자기 기억이 나나요.” 아차 하는 생각에 그제야 속도를 늦췄다. 그날 여사님 집을 나오면서 오래 일해 나만의 노하우가 있다고 뻐기던 자신이 한심했다. 일을 하겠다고 우격다짐으로 밀어붙이는 꼴이라니. 이후에도 몇 번 여사님을 찾아뵀다. 많은 말씀을 듣진 못해도 신기하게 찾아뵙고 나면 글이 더 잘 써졌다. 기운, 이라고 해야 하나. 긴 역사를 살아 낸 한 사람의 모습을 보는 것만으로 짐작할 수 있는 것들이 있었다.

어느 직업은 나이를 먹으면 할 수 있는 것들이 줄어드는데 대필은 좀 다르다. 그때는 할 수 없었지만 지금은 할 수 있는 일들이 생겨난다. 청춘영화만 찍다가 엄마 역할도 하고 이모도 하고 할머니도 했다가 동네 아주머니까지 다 되는 믿고 보는 묵직한 중년 연기자가 되어 가는 기분이다. 여사님과 내가 살아온 시대가 달라 완벽하게 감정 이입을 할 수 없다는 건 어쩔 수 없는 약점이지만 어차피 대필은 어떤 것이든 겪어 보지 못한 세계를 그려 내는 일이다.

어느 정치인과 한 작업은 다른 면으로 큰 공부가 됐다. 일단 그는 첫 미팅부터 30분을 기다리게 했다. 다음 스케줄 때문에 긴 이야기를 나누긴 어렵고 1시간 정도 간단하게 인사를 나누며 방향을 잡는 자리를 갖자고 해 놓고 30분이 지나 나타났다. 어렵게 만난 그 시간에도 내내 자신이 얼마나 바쁜지에 대해 이야기하느라 남은 시간을 거의 다 썼다. 중간중간 통화를 하느라 그나마 이어지던 이야기도 뚝뚝 끊겼다. 그가 전화를 받을 때마다 이대로 문을 열고 나갈까? 고민하면 전화를 끊고, 고민하면 전화를 끊어서 타이밍을 놓쳐 결국 계약을 했다. 급해 죽겠다면서 마지막으로 나에게 남긴 말은 "그러니까 작가님이 알아서 잘해 줘야 해요."였다. 아, 그때 다시 한 번 계약서를 찢을까? 지금이 적기인데, 고민했는데 순간 내 마음을 다 읽은 것처럼 다음에 봅시다, 라고 크게 말하는 바람에 또 타이밍을 놓쳤다.

바쁜 분의 책은 작업 시간이 턱없이 부족했다. 의뢰가 들어온 시점이 선거를 얼마 남겨 놓지 않았을 때였다. 그는 너무 바빴다. 이럴 때가 가장 난감하다. 저자 본인이 시간을 낼 상황이 안 될 때. 당사자를 만나서 속이야기를 하나라도 더 끌어내야 하는데 어찌해야 할지 난감했다. 대필은 소설이 아니기 때문에 지어 쓸 수도 없는 노릇이었다.

"작업 시간이 촉박해요. 미룰 수 없으니 당분간 저한테 시간을 좀 내주셔야 해요."

웃으며 사정하니 페이스북을 참고하라는 팁을 줬다. 간단하게 압축된 SNS 글로 책을 만들 순 없는데 큰일이다 싶어 말문이 막혔지만 말문이 막힌 김에 입을 꼭 다물고 아무 말도 하지 않았다. 나는 설득한다고 일이 원하는 방향으로 흘러가지 않는다는 것 정도는 아는 경력자였다. 그럴 땐 일단 무조건 오케이, 그리고 주어진 상황에서 최대한 어떻게 글을 뽑아낼 것인가 고민하는 게 시간을 절약하는 방법이라는 걸 잘 알고 있다.

"참고하겠습니다. 그래도 두어 번은 만나 주세요. 페이스북 글을 넣더라도 어느 정도 뼈대는 있어야 하니까요. 말씀 듣고 구성을 잡을게요."

그는 껄껄 웃으며 어쩔 수 없다는 듯 고개를 끄덕였다.

"그럽시다. 나머지는 이 작가 능력에 맡길게요."

그렇게 약속을 잡아 세 번에 걸쳐 새로운 것 없는 비슷한 이야기를 듣고, 페이스북에 있는 문장들을 긁어 기본 자료를 만들었다.

이를 어쩌나 했는데, 하다 보니 길이 보였다. 페이스북에 나열된 활동과 관련된 짧은 단문에 하나하나 살을 붙이고 도표와 다르지 않은 기록을 하나의 장면으로 만들었다. 처음엔 난감했는데 어쩐 일인지 하면 할수록 조금 재미있어졌다. 신경을 쓰는 만큼 점점 살이 붙고 달라지며 일정 궤도에 오르니 일이 수월해졌다.

모든 일에는 고비가 있다. 이렇게 처음부터 어려운 상황에 놓이는 작업만 그런 것이 아니라 모든 대필이 그렇다. 대필은 레고 조각을 수북하게 쌓아 놓고 설명서 없이 조립하는 것과 같다. 설계 방향은 있으나 설계도 없이 완성해야 한다. 어느 조각부터 시작해야 하나 싶었던 것이 무색하게 하나둘 조각들이 연결되면서 풍성하게 완성되어 가는 것이다.

바빠서 좀처럼 시간을 내어 주지 않는 정치인의 원고는 그가 남긴 작은 부스러기 이야기들을 모아 제법 뼈대가 잡혀 나갔다. 어떻게 해도 메울 수 없는 구멍을 남겨 두고 1차 조립을 마쳤다. 그리고 마지막으로 바쁜 그에게 시간을 내줄 것을 부탁했다. 상상력을 동원해 그럴듯하게 지어낼 수 없는 영역들을 채우기 위해서였다.

“어린 시절 이야기 좀 들려주세요. 이건 페이스북에도 없고 제가 지어낼 도리가 없네요."

겨우 시간을 낸 그가 자신의 어린 시절 이야기를 들려 주었다. 쑥스러워서 별다를 게 없어서 사양하느라, 말하려면 하필 전화가 걸려 와서 통화하느라 털어놓을 타이밍을 놓쳤던 원초적인 이야기였다. 뒤돌아볼 시간도 없이 앞으로 뛰느라 다 잊고 살던 것을 오랜만에 꺼낸다고 했다.

"그런 시절이 있었네요. 잊고 있었어요. 어린 시절 우리 동네는 다 논밭이었지요. 아버지는 산을 개간해서 집을 지으셨어요. 그 집에서 고등학교 졸업할 때까지 살았습니다. 이 지역에 아파트가 우후죽순처럼 들어선 건 그 이후였어요. 어느새 높은 건물들에 익숙해졌는데 저는 이 지역의 처음을 기억해요. 5층 건물이 동네에 가장 높은 건물이었지요. 개발 이전의 마을은 불편했지만 아름다웠어요. 발전이 모든 걸 가져다주지 않는다는 걸 압니다. 그래도 지역의 정치인으로 저는 발전을 약속할 수밖에 없어요. 아름다운 곳에 새롭게 정착한 나의 이웃들이 다른 누구보다 행복하길 바라거든요."

마침내 듣게 된 진심이었다. 앞으로 자신이 해 나갈 것에 집중하느라 좀처럼 보이지 않던 진심을 툭 하고 꺼내 놓은 것이다. 그날 역시 짧은 인터뷰로 마무리되었다. 그래도 빈 구멍을 채우기에 충분했다. 그가 가장 중요하게 생각하는 것이 무엇인지를 중심으로 죽 이야기를 펼쳐 나가면 꽃이 피듯 문장이 번져 나갔다.

세상일에 공짜는 없어서 이 일을 하나 잘 해결하고 나니 실력이 쑥 늘어 있었다. 그 뒤로 어려운 일을 만나면 당황하기보다 이것만 끝나면 앞으로 나는 뭐든 쓸 수 있다고 생각한다. 일을 할 때마다 능력치가 자라나는 대필이 제법 근사하다고 여겨진다. 대필은 이렇게 나를 제자리에서 걷도록 놔두지 않고 자꾸 등을 밀어 뛰어가게 만드는 일이다.

+회고록에 실린 조호정 여사와 나

대필과 미래

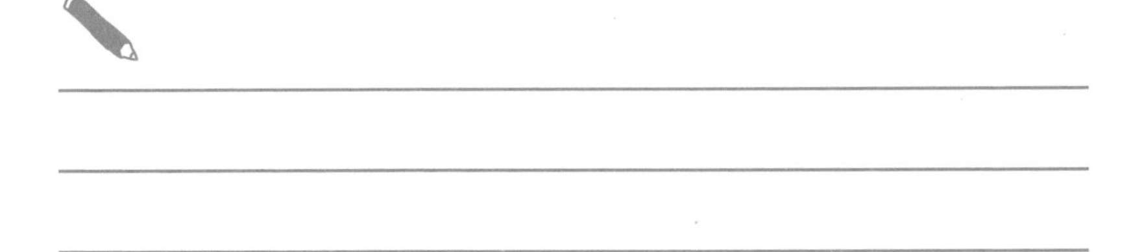

"샐러드 가게를 차릴까?"

"나는 김밥 장사를 생각했어."

"택배도 기술 없이 시작할 수 있다던데."

예술 하는 언니들과 술잔을 기울일 때면 넥스트 잡Job에 대한 진지한 이야기가 오갔다. 남은 인생은 다르게 살고 싶다는 열망으로 가득 찬 대화였다. 글을 쓰고 음악을 하고 춤을 추는 우리들은 오퍼가 없으면 그날부터 실업자인 사람들이었다. 꼬박꼬박 비워지는 잔을 채우며 따박따박 들어오는 수입에 대해 말하느라 숱한 밤을 보냈다. 우리는 숙련되지 않아도 당장 할 수 있는 일에 대해 궁리했다.

모르는 사람들은 자유롭게 시간을 쓰고 흥미로운 일로 돈을 번다며 부러워했다. 그런 말을 들을 땐 서글펐다. 우리는 출근하면 일이 있고 말일이면 통장에 일정 금액이 찍히는 삶을 동경했다. 모두 업계에서 20년이 지난 베테랑들이었지만 20년이나 지났기 때문에 더 큰 불안을 움켜쥐게 된 가련한 프리랜서 노동자들이었다. 일이 없는 것도 아니었다. 다들 당장 해야 할 프로젝트들을 등에 업고 주말을 반납하고 피로와 싸우면서도 과연 다음이 있을까 하는 불안을 떨치지 못했다.

일이 없다는 건, 남의 글을 쓰는 것과 비교할 수 없을 만큼 마음이 힘든 일이다. 일이 없다는 건, 일이 빠져나간 자리에 불안을 가득 채우는 것이다. 불안에 잠식당한 삶은 피폐하다. 불안은 내 안의 다정함을 집어삼키고, 이해심도 먹어 치워 버리고, 그리움과 반가움도 너덜너덜 찢어 놓고 사나움만 남긴다. 먹고사는 것만이 아니라 존재의 문제다. 이 세상에서 사라져 버린다는 두려움, 철저한 익명으로 살아야 할지 모른다는 막막함이 혈관 구석구석을 쑤셔 댄다. 일이 없을 때 나는 굶주린 맹수가 된다. 모든 일에 삐딱해진다. 사람을 대할 때도 날카로운 발톱을 한껏 오므리고 싸울 준비를 한다. 으르렁.

공격은 나를 향하기도 한다. 마흔을 넘긴 나이에 유년의 나를, 10대의 나를, 청춘의 나를 잘근잘근 씹어 대거나, 생의 모든 선택을 후회로 짓이긴다. 엉망이 된 과거는 미래도 잿빛으로 물들이고 아직 일어나지도 않은 일로 매일매일 긴장하며 지낸다.

불안함에 잠식된 상태에서 그려 보는 상상 속 미래의 나는 초라하다. 익명의 은둔자가 되어 절대로 넓은 세상으로 나오지 못하는 신세다. 와인의 맛과 커피의 향을 더 이상 기억하지 못하고, 푸석하고 윤기 없는 머리카락과 깊에 팬 볼에 계절에 어울리지 않는 얇거나 두꺼운 옷을 입은 할머니. 자비 없이 사나움만 남은 시종일관 억울함만 토해 내는 고독한 노인. 상상의 끝은 항상 현실의 나를 원망으로 바라보는 섬뜩한 눈빛이다. 그 눈빛을 만난 날이면 전부 리셋하고 싶어진다. 나는 자주 다시 처음으로 돌아가 글을 쓰지 않는 인생을 선택하는 꿈을 꾸기도 하지만, 잠에서 깨면 나는 여전히 쓰는 사람, 대필작가다.

"그래서, 언니가 손님을 상대할 수 있겠어?"

"네가 음식을 한다고?"

이런 말을 주고받다가 못 이기는 척 자기의 것을 끌어안았다. 실제로 우리는 할 줄 아는 게 그거밖에 없었다. 내 이름 석 자를 작품 앞에 거는 대단한 창작자로 살지는 못해도 어쨌든 무수히 많은 시간 그 일을 피와 뼈에 새겼다. 이 정도면 그냥 계속해도 괜찮은 게 아닐까?

우리들, 대단한 성과 없이 늙어 버린 비정규직 여성노동자들은 결국 숙련되지 않아도 당장 할 수 있는 일을 찾아내지 못했다. 아니 찾지 않는 걸 택했다. 미련한 바보들. 마지막 잔을 마시며 내리는 우리의 결론은 결국 잘할 수 있는 일을 어떻게든 해 보자는 것이었다.

그렇게 타협하고 제자리로 돌아가 앉으면 초대하지도 않은 고민이 다시 들이닥쳤다. 세상은 너무나 빨리 변했다. 어쩜 이렇게 하루하루가 달라지는지 매 순간 눈앞에서 쉬쉭 초고속 열차가 지나는 기분. 유행하는 말도 생활 습관도 취향도 금방 달라졌다. 이제 사람들은 더 이상 책을 읽으려고 하지 않고, 문화예술계 전 분야를 들쑤시고 다닌다는 챗GPT라는 것까지 나타났다.

대화형 인공지능서비스 챗GPT가 세상에 등장했다는 소식을 듣고 처음엔 망했구나 했다. 세상의 모든 데이터를 몇 초 만에 끄집어내 원하는 답을 찾아 준다는 저 망할 놈의 프로그램이 내 일을 뺏어 가겠구나. 실제로 챗GPT로 드라마나 영화의 대본을 쓰기 시작했다. 할리우드 노동자들은 피켓을 들었다. 글 쓰는 사람만이 아니라 삽화가, 사진가와 배우까지. 그래 배우까지! 브로드웨이 뮤지컬 시상식인 토니 어워즈 무대에 홀로그램 앙상블이 등장했다는 소식을 들었다. 음악 세션이야 말할 것도 없고. 출판계는 이미지 작업이나 번역 등에 인공지능 프로그램을 사용하기 시작했다. 그렇다면 대필은? 어쩌면 의지와 상관없이 업종 전환을 해야 할지도 모를 일이다.

한동안 운전을 할 때마다 19세기 초 일자리를 잃은 마부들은 다 뭘 해 먹고살다 생을 마쳤을까 상상했다. 운전을 배웠을까? 아니다. 운전은 차를 산 부자들이 직접 했겠지. 유럽 작가들의 소설에 신문물 자동차로 사고 치는 부잣집 도련님들 얘기가 괜히 나온 게 아닐 것이다. 그럼 뭘 했을까? 고향으로 내려갔을까? 그렇다면 고향을 떠나지 않고 그곳에서 마부 일을 하던 사람은? 자동차 수리 기술자가 됐으려나?

AI전문가인 인터뷰이를 만날 때마다 생성 AI에 대해 물었다. 과학자들의 대답은 인공지능에 답을 구한 듯 대개 비슷했다. 어마어마한 변화가 있을 것이고 앞으로 더 발전할 것이고 인간은 좀 더 감각적이고 감정을 나누는 일에 배치될 것이라고 했다. 그러다 어느 날 한평생 시를 써 온 김광규 시인과 인터뷰를 하게 됐다. 새로 출간한 시에 대해 한참 이야기를 나누다 물었다. 더 진화한 GPT-4가 등장하기 전이다.

"요즘 그럴듯하게 글을 쓴다는 AI 챗GPT가 등장했는데요, 이런 시대에 우리는 계속 글을 쓰고 시를 지을 수 있을까요?"

"그러게 말입니다. 나도 그 얘기를 들었어요. 글이 제법이라고요. 챗GPT 덕에 학생들이 숙제할 필요가 없다고들 하던데. 하하. 내가 이해한 바로는 그 AI가 입력된 빅데이터를 이용해 글을 쓰는 것이더군요. 재료가 많이 모여 있으니 좋겠지만 시는 재료가 많다고 쓸 수 있는 건 아니라고 생각합니다. 나도 궁금해서 챗GPT가 지은 시를 읽어 봤는데 제법 시 같은 문장도 있었어요. 그럴듯하지만 그건 창작이 아니죠. 다른 사람들이 만들어 놓은 걸 조합했을 뿐이니까요. 시인마다 각자의 율격을 가지고 있는데 그런 것까지 표현할 수 없겠죠. 더군다나 고뇌에 의해서 쓰인 게 아닌 것만은 확실하지 않습니까? 시란 본질적으로 고뇌의 과정을 거쳐서 탄생하기 때문에 AI가 아무리 시를 쓴다고 해도 인간의 시가 사라지는 일은 없을 거라고 봅니다. 그리고 최근에 내가 챗GPT에 대한 기사를 읽다가 발견했는데 AI가 이렇게 말했답니다. '인공지능의 능력은 비가역적이고 절대적인 능력을 갱신하고 있지만 그것을 창작이라고 말할 수는 없다. 그러므로 인공지능으로 시작詩作을 시도하지 말 것!'"

평생 시를 써 온 노시인의 말씀은 작은 위로가 됐다. 그러나 내 안의 기쁨이는 나설 생각을 안 하고 불안이가 여전히 목소리를 높였다. 그렇다면 내가 하는 일, 대필도 창작의 범위에 들어가는 것인가? 고뇌의 과정을 거치며 인공지능의 시도를 무용하게 만들 수 있나? 나는 시인의 현답을 바탕으로 나의 답을 찾으려 애를 썼다.

과연 대필은 인공지능으로 가능한가에 대한 대답. 대필은 한 사람을 온전히 알아 가는 작업이다. 그 사람의 세계관, 취향, 관계, 경험 그것들이 교차하며 일어난 여러 작용을 제3자인 내가 이해해 당사자의 마음으로 써야 하는 일이다. 글을 지을 때 한 단계의 과정을 더 거쳐야 한다. 복잡한 경로이다. 이걸 과연 챗GPT가 해낼 수 있을까?

생성 AI는 기존의 데이터를 바탕으로 질문이 있어야 대답을 해 준다. 질문, 질문을 해야 한다. 챗GPT와 나눈 대화를 책으로 엮은 카이스트의 김대식 교수는 질문의 수준에 따라 다른 답이 나온다면서 챗GPT를 제대로 이용하려면 좋은 질문을 할 줄 알아야 한다고 했다. 생성 AI로 자신의 인생에 대한 책을 쓰려면 충분한 정보를 넣어 명확한 주제와 질문을 던져 글을 뽑아내야 한다. 그렇게만 한다면 대필작가에게 이야기를 전하는 과정을 거치지 않고 책을 발간할 수 있다. 이 지점에서 작은 희망이 보이는데, 대필을 의뢰하는 사람들 대부분은 정말 바쁘다. 성공하여 자신의 분야에서 일가를 이뤘고, 책에 담기 충분한 인생의 경험치가 있지만 시간이 없다. 차분하게 앉아 인생을 돌아보고 문장을 쓰고 글을 다듬을 시간이 없다. AI에게 던질 질문을 생각하고 정리하고 이를 다시 글로 바꿔 입력할 시간은 더더욱 없을 것이다.

아마도 당분간 대필은 직업으로서의 역할을 충분히 해낼 것이라고 스스로 결론을 내렸다. 하지만 인공지능 시대를 살면서 AI를 완전히 외면할 수도 없으므로 서술이나 집필 방식, 혹은 이용 방식 등이 다소 바뀔 수는 있다. 대필작가들이 작업에 AI를 사용하는 것이다. 의뢰인에게 들은 이야기를 입력하고 질문을 집어넣어 글을 뽑아내는 방식으로 AI가 이용될 수는 있을 것 같다. 아마 그렇게 되면 작업 기간은 단축될 것이고 노동강도가 줄어든 만큼 고료 또한 뚝 떨어질지도. (여기서 더 떨어지면 안 되는데!) 그래도 이 업이 아주 사라져 버리진 않을 테니, 지긋지긋한 고민은 그만하고 오늘의 원고 마감이나 제대로 하기로 했다.

생성 AI 기술이 처음 나왔을 때 포브스 지에서 이렇게 말했다. 앞으로 사람이 쓰는 글들은 명품의 영역이 될 거라고. 조금 다르게 일을 하게 될 수도 있다. 그렇게 되더라도 사람을 만나고 관계를 맺고 원고를 만들어 내 마감을 지키는 기본적인 대필의 프로세스는 바뀌지 않을 것이다. 어떤 의뢰든 잘 해낼 수 있는 단단한 능력이 있다면 포기하지 않는 한 계속해서 직업인으로 살아남을 수 있다. 세상에 몇 안 되는 명품을 만드는 장인이 될 수도 있는 일이다. 그러니 걱정은 그만하고 오늘의 마감을 하자. 지금 가장 중요한 건 먼 미래에 대한 걱정이 아니라 눈앞의 원고라는 걸 잊지 말아야지.

+ 가평 설악면 순수책방 BOOKYOULOVE

대필과 확장

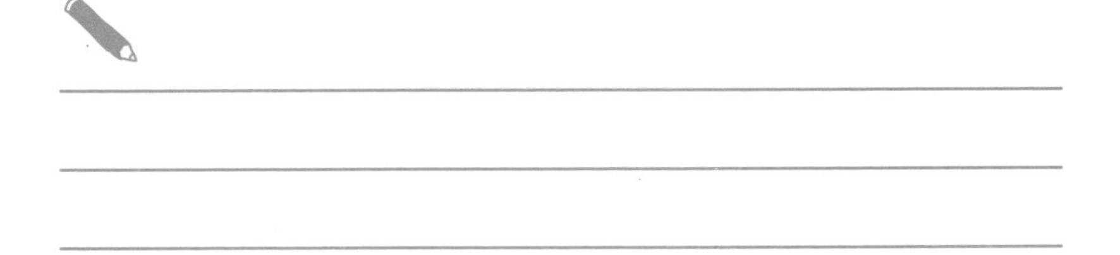

사랑이 개입하면 상대를 대하는 태도가 달라진다. 온갖 로맨스물의 주인공들을 보라. 사랑을 하기 전과 후는 대한민국의 가장 더운 날과 가장 추운 날만큼 다르다. 상대가 인간일 때만 적용되는 것도 아니다. 동물, 식물에서 무생물에 이르기까지 또 어떤 이론이나 개념까지 사랑이라는 건 요망해서 아주 작은 개입만으로 상황을 바꿔 버린다.

대필이 나의 일이라는 걸 인정하고, 작은 사랑을 품게 된 뒤 일을 대하는 태도가 달라졌다. 더 잘하고 싶고, 더 제대로 하고 싶어졌다. 가끔은 자랑하려는 마음이 생길 때도 있으니 이것이 사랑의 힘인가도 싶다.

사랑하게 된 나의 일 대필은 누가 나를 찾아 줘야만 할 수 있는 일이다. 그게 가장 아쉽다. 의뢰받은 일을 끝내고 어떤 생이 내 곁을 떠나면 나는 다시 플랫폼에 선다. 시간표를 알지 못한 상태로 기차를 기다린다. 그때부터 다음 기차가 오지 않을 것 같은 불안과 외로움의 시간이 시작된다. 얼마 지나지 않아 바로 다음 기차를 탈 때도 있고 한참을 기다린 후에야 새로운 기차가 들어오기도 한다.

다른 무엇보다 이 불안과 외로움에서 벗어나야겠다고 생각할 무렵 함께 기차에 오르곤 했던 편집자 K 씨가 출판사를 열었다. 그녀는 내 경력의 많은 부분을 함께한 짝꿍으로 우리는 서로 꽤 잘 맞았다. 작업을 하며 대필작가가 게을러서 혹은 편집자가 무심해서 곤란한 일은 한 번도 없었다. 오히려 서로를 배려하느라 더 열심이었고 덕분에 예민한 의뢰인과의 작업도 문제없이 진행됐다.

그녀가 직장생활을 접고 출판사를 시작한다고 했을 때 나는 우리만의 브랜드를 만들어 보자고 제안했다. 아니 그녀가 먼저 말을 꺼냈던가? 정확하게 기억나지 않는 걸 보니 동시에 비슷한 생각을 나눴던 것 같다. 그렇게 의기투합해 말을 글로 풀고 싶은 사람들을 만나 그들의 이야기를 책으로 만드는 일을 본격적으로 해 보기로 했다.

인물 에세이 브랜드 MSP Magic Story Pocket, 매직스토리포켓은 그렇게 만들어졌다. 마법 같은 이야기 주머니에서 마법처럼 재미있고 즐거운 이야기들이 쏟아지길 바라는 마음으로 이름 지었다. 글을 짓는 나도 자신의 인생을 정리하는 누군가도 그 글을 읽는 대중도 마법처럼 조금씩 삶이 향상되기를.

이미 우리는 첫 프로젝트를 진행했고 두 번째 프로젝트를 앞두고 있다. 매직스토리포켓. 나는 이 주머니에서 최대한 많은 이야기를 꺼내 놓으려 한다. 사람들에게 용기와 위로와 희망과 행복을 주는 다양한 이야기들이 익숙한 이름을 통해 전달되도록 애써 볼 것이다.

매직스토리포켓이라는 브랜드를 통해 나는 스스로 ‘기획자’

라는 수식을 붙였다. 일을 하다 보니 이름에 붙는 수식은 나의 의지대로 얼마든지 늘리거나 줄이거나 바꿀 수 있는 것이었다. 이름 앞 수식은 진짜 내가 아니고, 나는 나이고, 그 나를 다채롭게 만드는 것도 나였다. 한동안 나를 괴롭혔던 뒤에 있는 사람, 유령작가는 남이 만든 프레임이었다. 나는 차곡차곡 경력을 쌓으면서 나와 어울리는 내가 원하는 수식을 붙여 나갔다. 나는 이제 대필작가, 기획자, 에세이작가 그리고 책방언니 이재영으로도 불린다.

삶은 그 자체로 괴로움이라지만 뒤로 넘어져도 코가 깨지기만 하는 건 아니다. 큰 기대 없이 했던 일이 인생 최고의 선택이었던 경험, 소 뒷걸음치다가 쥐 잡는다는 속담이 어울리는 장면 몇 가지씩은 다 가지고 있는 게 인생이다. 책방을 시작한 건 나에게 그런 장면이었다.

겨울이었다. 우리 부부는 중년이라면 누구나 거쳐 간다는 늪에 막 도착해 있었다. 그해 유난히 길었던 겨울밤 난롯가에 앉아 우리는 서로를 구하느라 애를 썼다. 서로의 불안을 다독이고 서로의 외로움을 채워 줬다.

어느 날 남편이 작은 문구점을 하고 싶다는 뜬구름 잡는 듯한 얘기를 꺼냈을 때, 핀잔 대신 오히려 부추겼다. 말도 안 되는 소리였지만 그건 구하는 사람의 자세가 아니었다. 어차피 그는 문구점을 열지 않을 것이었다. 나는 한술 더해 해외를 돌며 독특한 펜과 펜촉을 사 올 테니 나무 냄새 가득한 어둡고 작은 공간에서 그걸 팔아보라고 했다. 우리는 그렇게 현실에서 절대로 일어나지 않을 일들을 이야기하며 겨울을, 중년의 겨울을 견뎠다. 그러다가 문구점보다… 책방은 어때? 라고, 생각없이 말을 던졌다. 책 좋아하니까 책방을 열면…? 상상 속 헛된 설계를 할 때와 다르게 그의 얼굴에 생기가 돌았다. 좋은데? 그거 좋다. 좋아!

책방을 한다면 어떻게 해야 하나, 이름은, 로고는, 어떤 책을 들여놓을 것인가, 어떻게 운영할 것인가 이런 것들을 이야기하다 보니 봄이었다. 겨울이 이렇게 빨리 지나가다니. 우리는 동네 부동산을 돌며 책방 자리를 알아봤다. 초중고와 가까운 곳이 좋겠어. 덥거나 추울 때 아이들이 들어와 쉬면서 책을 읽을 수 있는 곳이었으면. 허공에 날아갈 꿈처럼 뱉은 말이 신기할 정도로 빠르게 현실이 되어갔다. '월세'를 내며 '장사'라는 걸 하는 게 처음인데 겁도 안 났다. 책 '장사'로 '월세'를 충당하지 못할 게 뻔한데도 괜찮았다. 참 이상한 일이지. 어떻게든 될 것 같았다.

그렇게 BOOK YOU LOVE 당신이 사랑하는 책, 당신을 사랑하는 책. 책방 북유럽을 시작했다. 돈에 대한 감각이라고는 조금도 없는 인간들이 장사꾼이 되었다는 소식에 우리를 긍휼히 여긴 지인들이 책방을 찾았다. 그 덕에 첫 달을 무사히 넘겼다. 지인의 방문이 줄어들고 다음 달부터 아무도 방문하지 않는 날이 많아졌지만 참 이상한 일이지. 그게 아무렇지도 않았다.

손님이 없으면 새로 들인 책을 골라 읽느라 바빴다. 그 책 속에서 새로운 책을 발견해 들이고 읽고, 발견하고 들이고 읽고를 반복했다. 그렇게 서서히 우리의 정체성은 책방주인과 책방언니로 정착했다.

책방은 여전히 방문객이 적고 수익 창출과 거리가 멀지만 2016년부터 지금까지 잘 유지되고 있다. 동네 사랑방이 되고 싶다는 꿈은 이루지 못했어도 마을에 유의미한 공간으로 자리 잡았다. 몇 년이 지난 지금도 인테리어 소품 가게인지 뭔지 도대체 뭘 하는 곳인지 모르겠다는 동네 사람이 있는 반면 먼 곳에서 응원을 보내는 분들도 계시고, 종종 북유럽이 우리 동네에 있었으면 좋겠다는 이야기도 듣는다. 인구 만 명의 작은 지역에 열 평짜리 프티 마이크로 책방은 덕분에 살아남아 있다.

책방언니가 되고 많은 것이 달라졌다. 고정된 일터가 생겼고 해야 할 일이 늘어났다. 책방을 하는 건 그냥 책을 파는 일이 아니었다. 책이라는 상품을 제대로 소개하기 위해 우리는 책을 더 많이 읽어야 했다. 쉼 없이 읽으며 알았다. 읽는 일은 쓰는 일이고 쓰는 일은 읽어야 하는 일이라는 걸.

읽는 것은 좋은 연료가 되어 쓰는 일에 쓰였다. 신기한 경험이었다. 학창 시절 글을 짓는 일이 어렵지 않았던 건 내가 그 재능을 가져서가 아니라, 많이 읽어서였다는 걸 뒤늦게 깨달았다. 재능 따위 처음부터 있지도 않은 것이었다. 있었다면 오직 나로부터 시작된 글로 나만의 세계를 구축하며 살았을 것이다. 나는 그러지 못했다. 쓰는 기술로 새로운 세계를 만들 정도의 실력은 갖추지 못했다. 이제 와 재능 없는 직업인의 불행 같은 것을 이야기하려는 게 아니다. 재능이 없지만 마치 재능이 있는 것처럼 착각할 정도로 글 쓰는 게 쉬웠던 이유, 그 이유가 바로 읽기였다는 사실. 그 이야기다.

책방을 시작하고 대필 작업이 눈에 띄게 많아졌고, 대필을 할 수 있는 분야의 스펙트럼이 엄청나게 넓어졌다. 어떤 의뢰가 와도 겁이 나지 않았다. 읽는 사람으로 살며 어떤 것이라도 원하는 글을 써 줄 수 있다는 자신감이 생겼다. 오해할까 덧붙이자면 책방의 모든 책을 읽진 않는다. 그러나 많이 읽으려 노력한다. 힘이 빠질 때 물을 마시는 마라토너처럼 글이 써지지 않을 땐 일단 먼저 읽는다.

대필작가라는 내 업의 관점에서 봤을 때 책방언니 수식은 꽤 도움이 된다. 이렇게 쓰고 나니 참 재미있다. 나의 일을 사랑하기 전 나는 대필작가라는 수식은 내 것이 아니라고 여겼다. 먹고살려고 하는 것일 뿐 진짜 나는 아니라고 선을 그었다. 책방언니라고 새겨진 명함으로 인사를 나누며 아닌 척했다. 내 스스로 대필이 그림자이고 유령이라는 걸 인정하는 꼴이었다.

나를 먹여 살린 일의 팔 할은 대필인데, 온갖 직함으로 명함을 만들면서 단 한 번도 '대필작가 이재영'이라는 명패를 달지 않았다. 그런데 이제 내 이름 앞의 수식에 대필작가를 맨 앞에 둔다. 이게 나의 업이라는 걸, 그냥 일이 아니라 나를 향상시키는 일이라는 걸 인정한다.

2부

대필이라는 일

글 쓰는 게 좋았을 뿐

'작가'라고 불리는 나는 글을 짓는 사람은 맞는데 나의 글이 아니라 남의 이야기를 대신 써 준다. 사람들은 '대필'을 묵음으로 처리하고 나를 그저 '작가'라고 부른다. 대필과 작가라는 단어의 조합은 모순적이다. 글을 짓는다는 건 제 속의 것을 활자로 표현하는 일인데, 내 것이 아닌 남의 것을 대신해 글을 쓴다는 게 앞뒤가 맞지 않는다. 이런 앞뒤가 맞지 않는 일이 나의 일이다. 그러니까 나는 대필작가다. 왜 내 이야기를 하지 않고 남의 이야기를 짓게 되었을까? 나 또한 여느 작가들과 마찬가지로 내 글만을 지으며 살고 싶었다. 그런데 어쩌다가 이 일을 하게 되었을까?

사람은 누구나 남들은 어려운데 나는 너무 쉽게 되는 재주를 하나씩 가지고 있다. 하늘을 날고 십 리 밖을 내다보는 초능력까지는 아니지만 저마다의 필살기가 있다. 달리기가 쉬운 사람, 천천히 말하는 게 쉬운 사람, 화내지 않는 게 쉬운 사람, 수학 문제 푸는 게 쉬운 사람도 있고 뭘 외우는 게 전혀 어렵지 않은 사람도 있다.

내게 가장 쉬웠던 건 글을 쓰는 일이었다. 잘 쓰는 것과는 조금 다르다. 어려서부터 이상하게 글 쓰는 건 겁이 안 났다. 크리스마스가 다가오면 직사각형으로 오려 놓은 빨간 색지를 잔뜩 쌓아 놓고 카드를 쓰는 게 그렇게 좋았다. 카드의 작은 면에 몇 줄 안 되는 글을 전부 다르게 쓰는 일이 재미있어서 별로 친하지 않은 친구들에게도 카드를 건네곤 했다. 나는 편지도 척척 쓰고, 글짓기 시간이 제일 신나는 그런 아이였다. 초등학교 2학년 때 짧은 글짓기 숙제가 매일 있었는데 집에 와서 그걸 하는 게 그렇게 즐거울 수 없었다. 선생님이 제시해 준 단어들을 넣어 한두 문장의 이야기를 만들다 보면 숙제가 놀이 같았다. 매일매일 짧은 글짓기 숙제만 가득했으면 좋겠다고 생각했던, 나는 그런 아이였다.

그럼에도 글 짓는 일을 하고 살 거라고 상상하지 못했다. 부모님이 바라는 미래의 직업에 글 짓는 사람은 없었다. 주변에 글 짓는 사람도 없었고 살면서 내내 만나지도 못했다. 다 떠나서 나는 특별하고 화려한 일을 하는 사람이길 바랐다. 특별하고 화려한 일이 뭔지도 모르면서 그랬다. 지금과 다르게 살면 그걸로 좋았다. 서울에서 서울 사람처럼 살고 싶었다. TV에 나오는 사람들은 전부 서울 사람이었고, 부자 고모도 서울에 살았다. 내가 아는 서울 사람들은 전부 부자고 화려했다. 절대로 평범해지지 않을 거라고 마음먹었지만 삶은 마음대로 흘러가지 않았다. 라디오 프로그램에 내가 얼마나 특별해지고 싶은지에 대한 사연을 보내고, 매일 일기를 쓰고 또 썼다. 그 시간에 공부를 더 했더라면 참 좋았을 텐데.

결국 나는 국문과에 들어갔는데 대학에 잘 다니면서도 어쩐 일인지 글 짓는 건 하지 말아야지 그랬다. 일부러 문학회에도 들어

가지 않았다. 어려서부터 등단을 꿈꿨다며 소설이나 시를 짓는 선배들은 하나같이 너무나 평범해 보였다. 국문학은 기초학문이니까 졸업하고 이걸로 다른 일을 할 거야. 좀 멋지고 신나는 일, 그렇게 생각하며 꿈을 찾아 헤맸는데 인생은 내 마음대로 움직여 주지 않았다. 특별한 직업을 갖기는커녕 IMF와 졸업이 맞물리는 불운을 겪은 청춘의 나는 방황했다. 일찌감치 취업 준비를 한 친구들도 일자리를 구하기 어려웠는데 딴 세상만 바라보고 다녔으니 취업이 될 리 없었다. 대학을 졸업하고 글 쓰는 일을 하기까지 우여곡절을 겪었다. 지난한 방황 끝에 나는 사보기획사에 취직하면서 글 짓는 일을 업으로 삼게 됐다. 그렇게 나는 결국 특별하지 않은 평범한 세계에서 벗어나지 못했다.

글 쓰는 일을 사랑하게 되고 내 글에 대한 갈증을 느낀 건 특별할 가능성이 모두 차단됐던 그 순간이었다. 처음으로 내가 가진 것 중 제일 나은 능력 앞에 서자 현실적인 욕심이 밀려왔다. 이루어질 리 없는 허황한 욕망이 아니라 해 볼 만한 욕심이었다. 뭔가 이 능력으로 잘해 보고 싶었다. 그러나 안타깝게도 사보기획사에서 내가 맡은 일은 글을 쓰긴 하지만 능력을 마음껏 펼칠 수 없는 종류의 것이었다. 정작 글과 관련된 일을 하면서 내 글을 쓸 수는 없다는 현실이 미친 듯 내 글을 쓰고 싶게 했다. 기업의 홍보 기사, 회장님 말씀, 부서 탐방, 제품소개를 하다 보면 한 달이 가고 그렇게 한 해가 지나갔다. 그중에서 가장 공을 들였던 건 인터뷰와 기획 기사의 전문前文이었다. 기획칼럼의 전문 다섯줄. 200자 원고지 한 매 분량의 그 글에 어찌나 공을 들였던지, 전문을 완성하고 나면 30매의 원고를 다 쓴 것처럼 기뻤다. 적당한 단어를 찾아 뻔하지 않은 문장을 완성했을 때의 희열. 누구도 알아주지 않았지만 상관없었다. 내가 알고 있으면 됐다. 그 다섯 줄은 월급만큼 중요한 의미였다.

인터뷰는 또 어땠던가. 사내 인물이 아닌 유명인들을 섭외해 하는 외부 인터뷰는 신이 났다. 인물에 대해 자료를 찾고 공부하고 세심하게 질문을 뽑으면서, 그의 이야기를 글로 쓸 생각에 가슴이 두근거렸다. 나의 첫 인터뷰이는 그룹 <동물원>의 리더이자 정신과 의사인 김창기 씨였다. 긴 시간 나의 감수성을 건드렸던 음악을 만든 사람을 마주하고 인터뷰를 하는 기분이란. 그날의 모든 것을 기억한다. 크지 않은 진료실에 의사와 환자가 아닌 인터뷰이와 인터뷰어로 마주앉았던 순간. 첫 인터뷰입니다, 팬이구요. 멋쩍은 고백에 그래요? 편안하게 하세요. 부드러운 웃음을 주고받으며 이야기를 나눴다.

노희경 작가와의 인터뷰도 잊히지 않는다. 가로수길 어느 카페에서 만난 작고 마른 그녀는 큰 사람이었다. 나도 예전에 이런 일을 했었어요. 돈을 벌어야 하니까. 어느 조선소였던가, 기업 사보 인터뷰 원고를 썼죠. 따뜻하게 바라봐 주던 눈빛. 제 글을 쓰고 싶어요, 라는 말에 쓰세요, 쓰면 돼요. 노동자들이 매일 일하듯 매일 쓰는 거예요. 시나리오 쓰고 싶다는 친구들에게도 똑같이 말해요. 쓰라고, 하루에 한 장이라도 쓰라고.

그날부터 매일 쓰는 것이 목표가 됐다. 매일 썼다. 어떻게든 어떤 식으로든 매일 썼다. 부서 탐방, 제품소개, 이달의 뉴스를 쓰고 여행칼럼, 인터뷰, 기획 기사 무엇이든 썼다. 마감을 마치고 나면 출장길에 느꼈던 단상, 책을 읽고 난 후의 감상을 썼다. 시를 읽고, 드라마를 보고, 음악을 듣고 떠오르는 것들을 썼다. 그저 썼다. 아이를 낳고 출산휴가를 다녀와서도 썼다.

매일 썼는데 항상 허전했다. 내가 쓴 것들은 다양한 잡문일 뿐이었고 누구에게도 가닿지 못했다. 숨겨 놓고 몰래 봐야 하는 학창시절 일기와 다르지 않았다. 그래도 방법은 쓰는 것뿐이었으므로 그저 썼다. 그렇다고 문학도들처럼 차분하게 순수문학을 창작하는 건 아니었다. 드라마를 구상하며 시나리오를 쓰는 것도 아니었다.

문학도들은 벽돌을 하나씩 쌓아 마침내 자신만의 성을 이루는데 나는 매일 재료가 달라졌다. 어느 날은 자갈을 한 포대, 어느 날은 모래를 한 바구니, 어느 계절엔 깨진 벽돌들만 모아 쌓았다. 나의 성은 죽을 때까지 완성되지 않을지도 몰라. 그래도 회사에 다니면서 자갈이고 모래고 벽돌을 나를 수 있는 안정적인 수입이 있어 다행이라고 생각했다. 병을 얻어 더 이상 출근하지 못하게 될 때까지 8년간 온갖 것들을 쓰고 또 썼다.

마감과 마감과 마감으로 계속되던 굴레에서 벗어난 지 얼마 되지 않았을 때였다. 당시 나는 참지 못할 통증으로 진료를 받으러 갔다가 쓰러졌다. 수술을 받았고 투병이 길어지면서 회사를 그만둬야만 했다. 당시 척추 수술로 두 달을 하루 종일 반듯하게 누워 지냈다. 보이는 건 입원실 천장뿐이었다. 누워서 천장과 눈을 맞추고 걸을 수 있게 되면 이제 무얼 하고 사나 생각했다. 천장의 사각형을 천천히 눈으로 그리면서 천천히 생각했다. 할 수 있는 건 생각뿐이었다.

처음엔 환자복을 입고 병원에 누워서도 걱정이 컸다. 책상 위에 두고 온 마감을 앞둔 교정지가 떠올랐다. 나에게 절대 일어나서는 안 될 일은 마감을 지키지 못하는 것이었다. 원고를 마무리하고 사진과 이미지를 취합해 디자인을 앉히고 출력하고 꼼꼼하게 교정을 봐 인쇄소에 넘기는 그 과정 중 하나라도 흐트러지면 안 됐다. 그런데 당장 인쇄를 앞두고 쓰러져 병원에 있었다. 있어 보니 아무 일도 일어나지 않았다. 회사에서 누군가가 나를 대신해 무사히 인쇄를 넘겼고 내가 없어도 책은 매달 아무렇지도 않게 잘만 나왔다.

어질리티 훈련을 받는 강아지처럼 같은 터널을 지나고 같은 장애물을 넘고 같은 난관을 극복하며 한 달을 일 년을 반복하던 삶이 그렇게 끝났다. 승자도 패자도 아닌 채로 이렇다 할 기록도 없이 경기장의 불이 꺼지기도 전에 쓰러져 억지로 끌려 나왔다. 평생 벗어나지 못할 것 같았는데 병을 얻어 '마침내' 마침표를 찍었다.

그때까지 일을 하지 않고 살 수 없다고 나는 일해야 하는 사람이라고 떠들기만 했지 한 번도 제대로 일에 대해 진지하게 고민한 적이 없었다. 정말 이 일이 좋은지, 나를 만족시킬지, 오래 해 나갈 수 있을 것인지 숙고하지 않았다. 어질리티에 들어가기 전에 조금만 더 진지했더라면 지금의 인생이 많이 달랐을 수도 있다고 생각한다. 후회는 아니다. 매번 성급하게 결정한 것치고 내 삶은 제법 괜찮게 흘렀다. 아쉬움의 의미가 아니라 자각이다.

일에 대해 좀 더 진지했어야 한다는 깨달음. 먹고살 수 있게 하는 것이 일의 전부가 아니라는 각성. 사보회사에 다닐 때 가깝게 지내던 클라이언트가 있었다. 비서직으로 입사해 홍보 일을 맡은 또래였다. 어느 날 마감을 끝내고 술을 한잔하면서 일 이야기가 오갔다. “나는 목표가 뚜렷했어요. 큰 회전문을 밀고 들어가는 회사에 들어가고 싶었거든. 그런 회사에 들어가면 무슨 일이든 열심히 할 거라고 다짐했죠.” 쓴 소주를 삼키며 나는 그날 목표 없이 살았던 삶에 대해 밤새도록 반성했다. 비슷한 학벌, 비슷한 환경, 비슷한 나이, 비슷한 게 많은 그녀와 내가 갑과 을로 나뉜 건 목표의 유무였다. 밀레니얼, Y2K 시대의 이야기이다. 지금은 큰 회전문이 있는 회사라고 다 좋은 것도 아니다. 갑도 을도 그 시절과는 다른 모양새일 것이다. 하지만 큰 회전문이라는 목표, 어떤 구체적이고 명확한 목표가 있다는 건 어느 시대에도 좋은 일이라고 생각한다. 일을 시작하기 전에 천천히 자신을 탐구하지 못했던 것이 그래서 ‘큰 회전문’ 을 만들지 못한 것이 못내 아쉬웠던 나는 입원해 누워 있는 내내 일에 대해 고민했다.

아주 다른 일을 해 볼까? 꿈만 꾸고 도전하지 못했던 여행가이드를 해 볼까? 아이가 어려서 안 되려나? 일단 걸을 수는 있는 걸까? 한 발짝도 걷지 못한 상태로 혼자 일어나 앉지도 못하면서 대소변도 누워서 처리하는 주제에 무슨 일을 할 수 있을까? 수십 번 수만 번 생각했다. 어느 것 하나 명확하지 않았어도 다시는 어질리티 세상으로 들어가지 않겠다는 것은 확실했다. 그게 당장의 내 목표였다. 일단… 일어나게 되면… 생각하고 있는데 그녀에게 문자가 왔다.

"어떻게 지내시나요? 저는 얼마 전 한국으로 돌아왔습니다."

가을이 한창이던 가로수길에서 짬뽕을 먹으며 이야기를 나눴던 나의 인터뷰이. 자유로운 영혼의 그녀가 일 년이 훌쩍 지나 메시지를 보낸 것이다.

"병원에 있어요. 회사는 그만뒀고, 자세한 얘기는 나중에 만나서 해요."

"아이고 그랬군요. 저는 창백하게 병실에 누워 있는 상상을 자주 했어요. 나의 꿈을 대신 이뤄 주셨네요."

그녀는 안타까워하거나 안쓰러워하기는커녕 마지막 잎새 주인공 같다면서 한껏 부러워만 했다. 구라파에 다녀왔다더니 서양 문물을 많이 접한 세련된 사람의 위로였다. 훗날 두 발로 걸을 수 있게 돼 찾아간 출판기념회에서 그녀는 온갖 문학작품 속 가냘픈 병중의 주인공들을 등장시키며 나를 그들과 동급으로 격상시켰다. 그리고 나는 그 자리에서 내 인생의 제1 귀인을 만나게 된다. 결국 그녀가 귀인을 연결한 셈이니 그녀도 귀인이겠다.

나의 책을 낸다는 건

귀인들이 수북하던 그 자리는 그녀와 연이 닿은 예술가들이 모여 자유롭게 이야기 나누는 살롱 같은 분위기였고 그곳에서 내가 병중의 주인공이 되기 전 어떤 일을 했는지 자연스럽게 소개하게 됐다. 세 살 아이를 키우고, 돌아다니는 걸 진짜 좋아해서 병을 얻기 전에도 얻은 중에도 회복하고 있는 그 순간에도 어디든 아이와 다니고 있고, 매우 많이 이기적인 엄마라 아이의 행복 이전에 나의 행복을 우선으로 생각하는 쓰는 사람이라고. 하하하하하, 사람들은 흥미로워했고 그 틈에 나는 슬쩍 아이의 돌 답례품을 출판사 관계자들에게 내밀었다. 교활하기도 하지. 그건 다 계산된 행동이었다.

퇴원 후에 재활하면서 다시 다리에 힘이 붙어 걸을 수 있게 되자 일을 하고 싶었다. 마음이 조급해져서 다시는 마감과 마감과 마감의 세상에 가지 않겠다던 다짐은 다 잊고 다른 직장을 알아보려 했다. 사보의 기획 편집으로 가득 찬 경력으로 할 수 있는 다른 것이 떠오르지 않았다.

재활 중이라 정말 천천히 걸을 수밖에 없었는데 혹시 넘어질까 봐 조심히 어렵게 내딛는 걸음걸이처럼 신중하게 미래의 내 모습을 고민했다. 언제 어느 때 병이 날지도 죽을지도 모르는 인생인데 다시 어질리티 세상으로 돌아가지 말자. 뭐든 한번 해 보자. 하고 싶은 일을 하면서 살아 보자. 나는 다시 정신을 차리고 진짜 내가 원하는 것을 찾아보기로 마음먹었다.

그렇게 돌아가지 않고 프리랜서가 됐다. 대단한 업종 변경은 하지 못했어도 직장인에서 프리랜서로의 대변신은 만족스러웠다. 나름의 목표를 이룬 셈이었다. 선배들의 도움으로 월간 인터뷰 기사 한두 개를 받을 수 있었다. 삯글을 쓰며 벌이가 줄었는데 교통비도 줄고 옷값도 줄고 밥값도 줄고 출퇴근하며 나갔던 온갖 충동 비용이 줄어들어 괜찮았다. 이제 겨우 걷기 시작한 아이를 다른 사람에게 맡기지 않아도 되니 그것도 좋은 일이었다. 그리고 또 다른 목표가 생겼다. 나의 글을 쓰는 것. 익명이 아닌 나의 이름으로 사는 것.

그녀의 출판기념회에 가기로 한 날 어느 기업 사보 인터뷰가 있었다. 그날 아침 인터뷰 질문지와 노트북을 챙기며 아이 돌 답례품을 가방에 넣었다. 본인의 글을 쓰고 싶은 마음이 가득했던 우리 부부는 돌 답례품으로 다이어리를 준비했었다. 아이의 사진을 넣고 그 옆에 우리의 글을 실은, 수첩을 가장한 무명씨들의 글 모음집이었다. 보그나 바자의 사은품 같은 느낌이었다. 손님들에게 먹지도 못하는 그것이 얼마나 무용한 것인지에 대해서는 고민하지도 않았다. 그 기회를 빌려 우리의 욕망을 채우기에 급급했다. 돌잔치에 와줬던 손님들에겐 내내 미안한 마음이다.

우리는 다이어리를 만들 때부터 이걸 명함으로 쓰겠다는 계획을 세웠고 호시탐탐 누굴 만나든 다이어리를 건넸다. 일로서의 글이 아니라 어떤 형태든 내 글을 쓸 기회를 얻고 싶었다. 혹시 라디오 작가들이 보고 나에게 제안을 해 오지 않을까 하는 마음에 즐겨 듣던 라디오 프로그램에 택배를 보내기도 했다. 어디서도 연락받지 못했지만 어차피 0이었으므로 손해 볼 건 없었다. 묵묵히 삯글을 쓰면서 여전히 매일 쓰는 삶을 살면서 조용하고 음흉하게 언젠가 오게 될 기회를 노렸다. 누군가는 나를 발견해 주리라.

출판기념회에서 아닌 척 은근슬쩍 다이어리를 돌리고 돌아와서 큰 기대를 하진 않았다. 한 번으로 끝날 일도 아니고 물러서지 않고 계속 두드릴 생각이라 괜찮았다. 다 잊고 그저 다시 쓰고, 쓰고 또 쓰고 있었다. 그런데 연락이 온 것이다. "책을 내 보는 건 어떨까요?" 라는 말을 마침내 듣게 되었다. 쓰는 사람에게 책을 내자는 제안은 세상에서 가장 은혜로운 말이다. 그것은 삶의 골짜기에 울려 퍼지는 행운의 종소리. 인생을 따스하게 감싸는 천사의 날갯짓. 로또 1등과도 바꾸지 않는, 바꿀 수 없는 가장 값진 그런 말.

그 말을 들었던 그 순간의 나는 지금의 나를 상상하지 못했다. 그러니까 대필작가가 되어 남의 글을 써서 먹고살고 있을 줄 몰랐다. 세상에 내 이야기를 내놓기만 하면 당장 삶이 달라질 줄 알았다. 출판계는 그토록 꿈꾸던 나의 글을 쓸 수 있는 곳이었다. 그곳에 어렵게 발을 들였으니 앞으로 다른 걱정 없이 내 글만 써서 새로운 커리어가 쌓일 거라고 의심 없이 생각했다. 아직 소녀였던 때, 꿈을 꾸기만 하면 다 이루어질 거라고 믿었던 그때처럼.

출판사는 작가가 가져온 글을 내주기만 하는 곳이 아니다. 상품을 계속 만들어야 하는 지식제조 공장에 가깝다. 끊임없이 생산해야 하는데 누군가가 가져온 글만으로는 공장이 돌아갈 수 없다. 이럴 때 직접 작가를 발굴한다. 편집회의를 거쳐 트렌드가 되고 있거나 될 예정인, 독자들의 흥미를 끌 만한 이야기 등을 기획해 그 글을 쓸 만한 작가를 찾는다. 내가 그 경우였다.

출판사에서는 내가 건넨 두껍고 긴 명함 속 글을 읽은 후 맡기면 쓸 수는 있을 것 같은데 이 사람에게 무얼 쓰게 할지는 아직 결정하지 못하고 있었다. 뭘 하면 좋을까요? 어떤 걸 제일 잘 쓸 수 있어요? 그때까지 나는 정기간행물의 세상에서 벗어나지 못한 채 단행본 세상을 받아들였다. 다 좋아요. 다 잘 쓸 수 있어요. 분초를 다투며 잡다한 것을 다루던 정기간행물 세상에서 가장 훌륭한 대답이었다. 나만의 이야기에 대한 감각이 무딘 나에게 다른 질문이 던져졌다. 이재영이라는 사람을 두 문장으로 표현해 보세요.

네? 나를 이야기하려면 늘 긴 부연이 필요했다. 원래는, 사실은, 전에는 이런 부사어 없이 그리고, 그래서 같은 접속사 없이 나를 소개하는 건 불가능했다. 생은 늘 아쉬웠고 후회는 핑계와 원망을 낳았다. 이재영이라는 사람을 설명하기 위해 온갖 구질구질한 이야기를 곁들이며 살았다. 그런데 단 두 문장. 그 안에 나라는 사람을 어떻게 넣어야 하지? 당황을 넘어 곤혹스러웠다. 나, 나는 누구지? 나는 어떤 사람이지? 내가 좋아하는 건 뭐지?

자신의 이름으로 된 책을 낸다는 건 자신을 아는 사람들만 할 수 있는 일이었다. 내가 매일 써 왔던 글은 내 글이지만 내 글이 아니었다. 시선은 항상 밖으로 향했고 타이프로 새긴 수많은 활자는 그 바깥세상을 표현한 것들뿐이었다. 나를 두 문장으로, 단 두 문장으로 압축시켜야 했을 때 제일 좋은 것 좋아하는 것을 찾아봤다. 친절한 출판사 관계자들이 충분히 생각할 시간을 줬는데 성질이 급한 나는 당장 찾아내고 싶어 안달을 떨었다. 빨리 찾아내서 빨리 내 이름의 책을 손에 쥐고 싶었다. 생각 끝에 엄마가 행복해야 아이가 행복하다고 믿는 엄마, 아이와 여행을 떠나며 행복해하는 엄마. 라는 두 문장을 찾아냈다.

10년도 더 된 이야기다. 아직 엄마는 아이를 위해 희생해야 하는 존재라는 식의 사회적 강요가 남아 있던 시절이었다. 육아의 주체가 당연히 엄마였던 때이기도 했다. 용감하게 육아휴직을 하고 육아를 전담하는 아빠가 드물어 방송에 나오던 시절이었다. 뽀로로

가 나오기 전이었고, 스마트폰이나 아이패드가 아직 출시되지 않았고, 키즈카페가 막 시작되었으며, 아이를 데리고 갈 만한 곳도 마땅치 않았으니, 어린이집에 가기 전까지 엄마들은 꼼짝없이 아이들에게 자신의 시간을 모두 바쳐야 했다.

아이의 행복을 위해 엄마의 삶을 바치는 게 미덕이던 시절, 남들과 내가 다른 건 애보다 내가 먼저라는 것이었다. 시험관으로 어렵게 낳은 아이를 너무 사랑하기 때문에 나를 잘 돌보려고 노력했다. 감정의 낙폭이 심하다는 걸 스스로 알았다. 화내지 않고 아이와 행복해지려면 내가 먼저 행복해야 했고 그러기 위해 아이를 데리고 이곳저곳 늘 쏘다녔다. 예민한 나와 달리 무던한 성격의 아이는 어디든 잘 따라다녔다. 집에만 있는 것보다 다채로운 바깥세상을 구경하는 쪽이 아이에게도 더 흥미로웠을 것이다.

나의 첫 책 『아이와 함께 하는 서울 나들이』는 그렇게 시작됐다. 육아를 혼자 감당하며 힘들어하는 엄마들에게 밖으로 나와 봐요! 겁내지 말고 나와요! 이렇게 갈 곳이 많아요. 미술관도 가고 갤러리도 가고, 비행기 타지 않아도 공항에 가서 놀다 와 봐요. 새로 문을 연 카페도 가고 가까운 곳까지 가는 기차도 한 번 타 보고 옆 동네 산책도 해 봐요. 그런 이야기를 담았다. 지금에야 대부분 엄마들이 당연하다는 듯 하는 것이지만 그때는 새로운 이야기였다.

생애 첫 책은 출간하고 꾸준히 판매 지수가 오르고 있었다. 이재영, 이라는 이름으로 책이 나오다니. 서점에 내 책이 있는 걸 발견할 때의 기분을 뭐라고 해야 할까. 이재영이라는 이름 석 자가 표지에 박힌 두툼하고 네모난 것을 집어 들었을 때의 무게. 그 무게만큼 아니 전국에 흩어져 있는 그 무게들을 전부 합친 것만큼, 아니 그보다 더 이루 말할 수 없을 정도로 감동이었다.

특별한 일을 하고 싶었던 어린 시절의 바람과 달리 나의 이름은 언제나 무게 없이 다뤄졌다. 아주 흐릿하거나 아예 투명하게 사라지기도 했다. 매일 쓰는 일을 하면 할수록 익명이 되어 갔다. 내 글은 회사의 이름으로 대체됐다. 한 달에 한 번 휘발되는 글을 쓰기 위해 기계적으로 매일 자판을 두드렸다. 무슨 일을 해? what do you do? 라는 질문을 받으면 나는 늘 머뭇거렸다. 글을 쓴다고 하면 보여 달랄까 싶어서. 아니 애초에 내가 글을 쓰는 일이 맞는 것인가에 대한 의문 때문에. 도대체 나는 무슨 일을 하는 걸까? 어떻게 말해야 할까? 그냥 회사 다녀, 라고 뭉뚱그리고 얼른 다른 화제로 돌리곤 했다. 어제 본 뮤지컬 얘기라든가 상대가 입은 옷의 컬러에 대한 칭찬이나 공간의 분주함 같은 것들로. 내 이름은 나의 일은 그렇게 공기 속에 쉽게 묻혀 버렸다.

이름을 일으켜 세우고 싶었다. 무릎 꿇고 뒷걸음질하는 이름을 끌고 나와 당당하게 세우고 싶었다. 가끔 바람을 맞고 폭우에 젖는 날이 오더라도 햇빛을 쏘이고 낮과 밤을 느낄 수 있는 이름이길 원했다. 그 바람이 이루어졌던 그 순간. 사람들이 나의 글과 나의 이름을 자각하는 순간을 애타게 기다렸다.

아직 없던 콘셉트의 책이었다. 이후로 비슷한 유형의 책이 엄청나게 쏟아졌지만 당시에는 찾아보기 힘들었다. 학습에 관한 육아 서적과 육아전문가들이 안내하는 육아 서적 사이에 당장 아이 손을 잡고 밖으로 나가라는 이야기는 이질적이면서 흥미를 끌었을 것이다. 첫 책의 판매는 순조로웠다. 중쇄도 찍었다. 인터넷 서점의 판매지수도 차근차근 잘 올라갔다. 신종플루가 창궐하기 전까지.

코로나 시대를 지나온 이 시점에 신종플루라고 하니 도대체 그게 언제인가 싶을 수도 있겠다. 코로나 이전에 메르스 그 전에 2009년 신종플루 인플루엔자의 유행이 있었다. 신종플루는 어린아이들이 유독 취약했던 감염병이었다. 당연히 어린아이의 보호자들은 아이들을 집에서 나가지 못하게 했다. 나 역시 마찬가지였다. 밖에 나가는 게 위험한 세상이 된 때에 나들이를 제안하는 책을 읽는 사람은 없었다. 그렇게 나의 이름은 다시 흐려졌다.

다행히 첫 책이 마지막 책이 되진 않았다. 나는 출판계에서 생존 중이다. 이후로 5권의 책을 더 냈다. 지금 쓰고 있는 이 책까지 더해지면 총 7권의 책이 이재영이라는 이름으로 출간된다. 내가 데뷔한 2009년부터로 한정해도 지금까지 수많은 사람이 책을 냈고 그 중에 여러 명이 널리 이름을 떨쳤으며 그보다 몇 곱절의 사람들이 사라졌다. 좀 더 많은 독자에게 선명하게 각인된 이름은 아니지만 이재영이라는 이름은 살아남았다.

그렇다면 나는 어떻게 출판업에서 생존하게 됐을까? 내 이름을 익명으로 두지 않겠다는 목표는 이뤄질 듯 이뤄지지 않았다. 안간힘을 썼지만 어쩐 일인지 끝이 닳은 펜을 쥔 기분이었다. 아무리 꾹꾹 눌러 써도 좀처럼 선명해지지 않았다. 그랬지만 썼다. 펜에 새 잉크가 채워질 거라는 희망으로 썼다. 이름을 얻겠다는 다짐을 손 닿지 않는 높은 곳에 두지 않고, 일로 업으로 생계로 글을 썼다.

나에게 글은 꿈이기 전에 일이었다. 20년 넘게 사회생활을 하면서 알게 된 건 일하는 사람은 꿈꾸는 사람보다 초기 생존율이 조금 더 높다는 것. 나는 꿈을 좇기 전에 일을 했고, 꿈을 이뤄 이름을 진하게 새기진 못했지만 밀려나지 않고 이 세계에 존재한다. 그래서 좋은지 아닌지는 잘 모르겠다. 생존만으로 기뻐해야 할 일인지 아직도 종잡을 수 없다. 확실한 건 일이 꿈도 나도 버티게 해 준다는 것이다. 그걸 알게된 후로 나의 꿈을 지켜주는 대필을 기꺼운 마음으로 하고 있다.

대필작가가 되기까지

대필은 '결국' 하게 되는 것이다. '마침내' 이루어 내는 무엇이 아닌 '결국' 하게 되고 마는 것.

도심 한복판에서 신호에 걸리면 핸들에 턱을 괴고 8차선 도로를 오가는 사람들을 바라본다. 종이에 그려진 그림처럼 표정 없는 사람들. 그들을 보면 도대체 다들 뭘 해서 먹고사는지 궁금하다. 도로를 메운 차 안에 있는 사람들은? 그들은 또 무얼 해서 먹고사나? 저마다 어떤 방법으로 생을 이어 나가는 걸까? 당신의 꿈은 무엇이었나요? 어떤 일을 하는 사람이 되고 싶었나요? 지금 원했던 일을 하면서 살고 있나요? 지금의 나는 그들의 대답을 듣지 않아도 알 수 있다. 길을 걷는 사람 중 대부분이, 운전대를 잡고 신호를 기다리고 있는 도로 위 운전자 대부분이 꿈꿨던 일을 하면서 살고 있지 않을 것이다. 대부분 꿈꿨던 혹은 꿈꾸는 삶을 살지 못한다. 대필 작가가 된 나처럼.

대필을 하는 사람 중 처음부터 대필 작가가 되기를 꿈꾼 사람은 없지 않을까. 대부분은 나와 비슷하거나 혹은 다르더라도 이곳저곳에서 다양한 경로로 쓰는 일을 하다가 어쩌다 보니 이 세계로 진입하게 되었을 거라 짐작한다. 내 이름이 새겨진 책을 내면서 내가 그걸 계기로 대필 일을 하게 될 줄 몰랐듯이.

대필을 시작하게 된 경위는 이렇다. 책이라는 건 아주 드물게

역주행을 하기도 하지만 대부분 초기에 시선을 끌고 입소문으로 탄력을 받아 앞으로 나아간다. 물론 유명인이나 연예인의 경우는 조금 다르다. 그들은 입소문의 단계를 거치지 않아도 충분히 단박에 시선을 끌 수 있는 유명세를 갖추고 있다. 이제 막 이름을 얻은 나는 아니나의 책은 한번 꺾이기 시작하면서 다시는 그래프를 우상향으로 만들지 못했다. 홍보용 인터뷰를 하고, 육아잡지 칼럼에 기고도 했지만 몇 개월간 달력은 온통 지지부진이라는 단어로 채워졌다.

첫 책이 지지부진한 사이 일상은 자연스럽게 원래의 루틴으로 돌아왔다. 나는 다시 이름이 없어도 되는 원고를 청탁받아 삯글을 썼다. 짬이 나면 첫 책의 흥행 실패가 내 삶에 어떤 영향을 미칠지 고민하며 지냈다. 다시는 책을 낼 수 없을까? 아무도 나에게 책을 내자고 하지 않게 될까? 아, 나 또 쓰고 싶은데. 잘 쓸 수 있는데, 라는 생각을 하면서 일단 할 수 있는 일들을 했다. 고등학교를 졸업한 뒤로 줄곧 자신을 부양했던 내게 일을 못 하게 되는 건 이름이 사라지는 것보다 무서운 일이었다. 꿈으로서의 글이 아니었지만 괜찮았다. 일을 계속하는 건 또 다른 나의 꿈이었으므로.

해가 바뀌고 봄이 되었을 땐가? 한동안 연락이 뜸하던 출판사에서 전화가 왔다. 각계 유명인들에게 인생의 질문과 답을 듣는 기획서를 내고 싶은데, 인터뷰어로 함께 작업하겠냐는 연락이었다. 하실래요?의 하시… 쯤에 나의 음성이 겹쳐 들어갔다. 네! 할게요!

『인생기출문제집』이라는 제목으로 출간된 이 책을 작업하면서 대필을 한다고 생각하지 않았다. 책은 이렇게 진행됐다. 당대 각 분야의 전문가를 선정해 원고가 가능한 필자는 직접 원고를 받고 여러 여건상 직접 쓸 수 없는 인물들은 내가 만나 인터뷰를 해 그들의 육성을 글로 바꿨다. 다른 사람의 이야기를 다른 사람이 되어 쓰는 것이니 대필이 맞았지만, 인터뷰라는 형식이었기 때문에 인터뷰 모음집에 참여했다는 정도로 인식했다.

스스로 대필이 아니라고 생각했다 해도 그 작업은 누가 봐도 대필 작업이었다. 사실 대필이냐 아니냐는 크게 문제되지 않았다. 일을 하면서 즐거웠고 흥이 났다. 인터뷰이로 오래도록 쌓아 온 경력을 보여 줄 수 있어서 좋았고, 필진의 속 깊은 이야기를 직접 들을 수 있어 흥미로웠다. 신나게 작업해서인지 워낙 쟁쟁한 인사들의 이야기가 실려서인지 반응이 좋아 같은 콘셉트의 두 번째 책도 세상에 나왔다. 물론 내 이름이 전면에 나오지 않은 것에 대한 아쉬움이 있었지만 괜찮았다. 출간 작가로 자존심이 상하거나 하는 부대낌이 전혀 없었다. 오히려 좋은 책 작업을 함께했다는 것에 의미를 뒀다. 어떻게 보면 나는 처음부터 대필작가로 일하기 좋은 마인드를 갖추고 있었던 것 같다.

『인생기출문제집』에 대한 재미있는 에피소드도 있다. 출간 후 10년이 지나 배우 류준열 씨가 우리 책방을 방문했을 때 구석에 꽂혀 있던 그 책을 알아봐 주었다. "어! 인생기출문제집? 대학교 때 교보문고에서 샀던 책이에요." 수줍게 내가 작업한 책이라고 말하자 류준열 씨는 진짜냐며, 1권이 너무 좋아서 2권까지 샀다면서 신기해했다. 책 잘 읽는 배우 류준열 씨와의 인연은 그렇게 시작돼 나의 책을 인터뷰에 언급해 주기도 했다.

대필 인생이 시작된 건 이때부터였다. 그걸 계기로 물 흐르듯 자연스럽게 이 세계로 들어왔다. 마치 처음부터 나를 위해 기다리고 있었다는 듯 나도 모르게 발을 들였다. 익숙하고 편안한 느낌. 하지만 대필의 세계는 그 안락함에 취해 오래 머물러서는 안 되는 곳이었다. 나의 이야기를 쓰기에 실력도 시간도 부족한데 남의 이야기를 쓰는 데 너무 많은 시간을 들여야 했다. 알면서도 좀처럼 벗어날 수 없었다.

대필 경력은 순조롭게 쌓여 갔다. 『인생기출문제집』의 작은 성공 이후 일감이 주어지기 시작했다. 전부 다 그런 건 아니지만 대필 작업은 대부분 자아가 강한 사람들을 상대해야 하는데, 나는 뜻밖에 그들을 상대하는 재능이 있었다. 인터뷰 일을 오랜 시간 하고 10여 년 기업 사보를 만들며 매달 다른 사람들을 만났던 게 제법 도움이 됐다. 사보 작업은 끊임없이 사람을 만나야 하는 일이었다. 1

년 동안 큰 기업의 모든 부서를 거의 다 돌게 되는 일. 그 부서 구성원들의 이야기를 한마디라도 더 들어야 하는 일이었다. 같은 회사에 근무해도 하는 일은 각기 달랐다. 게다가 신입사원부터 회장님까지 직급과 나이가 다른 다양한 사람을 만나야 했다. 어떤 것이 같고 어떤 것이 다른지 왜 그 다른 일을 하게 되었는지 차분히 듣고 글로 옮기는 일을 10년간 했으니 누군가의 이야기를 듣고 쓰는 건 어려운 게 아니었다. 누군가를 만나 상대의 긴장을 풀어 주며 자연스럽게 이야기를 끌어내는 것도 문제되지 않았다.

초반엔 '대필'을 한다는 생각보다는 '인터뷰'나 '부서 탐방'을 마감에 쫓기지 않고 한다는 기분으로 일을 했다. 대단한 사명감은 없었지만 책이 온전히 출간되어야 한다는 책임감이 있었다. 정기간행물을 10년 가까이 만드는 일은 혈관에 책임감을 용해하는 일이기도 했다. 단체 작업에서 내게 주어진 일을 제대로 하지 않았을 때 벌어지는 파장은 너무나 큰 것이므로. 원고가 제대로 나오지 않으면 디자인을 할 수 없고 애써 찍어 둔 사진도 무용지물이 된다. 그런 적은 한 번도 없지만 그렇게 되어서는 안 된다는 생각으로 휴가도 생활도 온통 마감에 맞춰 살았다. 프리랜서로 일할 때는 덜했지만 회사생활을 할 때는 한 달에 서너 매체를 마감해야 하는 게 당연했으니 매일 매달 매해 책임감이 몸속에 저장되는 건 당연했다.

두려웠던 건 익숙한 일에 즉각 반응하는 내 몸이었다. 남의 이야기를 쓰는 일은 평지를 걷는 것처럼 너무나 익숙했다. 반면 내 글을 쓰는 건 큰 산을 넘는 일이었다. 대필은 손이 자주 가는 편하게 입을 수 있는 옷. 내 글은 입기 불편하지만 내게 꼭 맞는 옷. 매일 쉽게 입을 수 있는 툭 걸쳐도 그럭저럭 괜찮은 옷을 입느라, 입는 과정이 조금 귀찮고 복잡한 맞는 옷을 깊숙하게 넣어 둔 채 지냈다.

대필은 평범하고 흔한 옷을 입고 아름다운 옷을 입은 사람들을 만나는 일이었다. 스타를 무대 위에 세우기 위해 일하는 검정 옷의 스태프처럼, 보이지 않게 되어 버리는 일. 처음엔 딱 한 권만 하게 될 줄 알았다. 그 한 권의 작업을 하고 내 책을 쓰게 될 줄 알았다. 다음 책을 낼 때까지 잘하는 일을 하면서 숨 고르기를 하는 마음으로 시작했다. 예상과 다르게 편안한 옷을 입은 가벼운 마음으로 시작한 대필이 어디에도 말하지 못하는, 호부호형할 수 없는 나의 업業이 됐다. 그렇다. 대필은 나의 일이다.

코로나가 끝나고 오랜만에 비행기를 타고 떠나 이탈리아를 여행하면서 한 청년을 보았다. 단조로운 작은 마을, 플랫폼이 단 두

곳뿐인 기차역에서였다. 이 끝부터 저 끝까지 빠른 걸음으로 30초 정도면 지나갈 수 있는 아담한 기차역이었다. 기차에서 내리자마자 출구로 빠져나가는 사람들을 지나 플랫폼을 따라 걸었다. 화장실을 찾아야 했다. 단순하게 긴 건물들이 늘어선 역사 끝 쪽에 화장실을 표시하는 간판이 보였다. 휴. 간판을 따라가니 건물 사이에 만들어진 작은 골목으로 사람들이 한쪽 벽에 나란히 줄을 서 있었다. 그 줄 끝 반대쪽 벽에 라텍스 장갑을 낀 손으로 대걸레의 봉을 잡고 고개를 숙인 그 청년이 있었다. 짧게 자른 짙은 색 머리카락이 눈에 띄는 젊은이였다. 젊은 화장실 청소부라니 좀 신기했다. 그는 친퀘테레 두 번째 마을 베르나차의 화장실 청소부? 지킴이? 안내원? 매표원? 딱 한마디로 정의할 수 없는 이 모든 일을 해내는 사람이었다.

사람들이 서 있는 쪽 벽에는 화장실 요금 안내문이 붙어 있었다. 이용요금 1유로, 친퀘테레 투어 패스 소지 시 무료. 이탈리아 역사 화장실 대부분이 유료였기에 놀랍지는 않았다. 나는 지갑을 꺼내 1일 투어 패스 티켓을 찾아 손에 쥐고 순서를 기다렸다. 앞에 예닐곱 명이 서 있었고 뒤로도 빠르게 줄이 이어졌다. 드디어 화장실을 사용한 누군가가 나왔다. 한 명이 줄었군, 모두 한 발짝씩 앞으로 가려는데 진지한 얼굴을 한 그가 번개처럼 화장실 안으로 들어갔다. 대걸레와 손걸레와 소독제가 담긴 스프레이를 들고. 마음이 급한 사람들에게 10시간 같은 1분이 흘렀을까? 할 일을 마치고 다시 나온 그는 다음 차례의 사람에게 부드러운 표정으로 다가갔다. 그 사람이 티켓을 보여 주자 맑은 목소리로 오케이, 땡큐라고 답한 뒤 화장실로 들어가자 다시 원래 있던 자리로 돌아가 표정 없는 사람이 되었다.

내 앞 사람이 화장실에 들어갈 때까지 티 나지 않게 그를 관찰했다. 한 치의 오차도 없이 같은 행동. 그는 사람이 나올 때마다 손잡이를 닦으며 안으로 들어가 청소를 하고 티켓을 확인하고 자리로 돌아가는 것을 반복했고 두 명을 처리하고 나면 청소도구 옆에 놓인 물병을 꺼내 물을 마셨다. 날은 더웠고 그늘이라고 하지만 그의 머리 위로 지중해의 뜨거운 태양이 내려앉으니 조금씩이라도 수분 보충을 해야 했을 것이다.

내 차례가 되었을 때 안쪽에서 청소하는 그의 모습을 보고 싶었지만 불가능했다. 그는 문을 닫은 채 자신의 임무를 수행했고 그 안에서 그가 어떻게 일을 하는지 아무도 알 수 없었다. 자신의 순서가 돼서 들어가야 비로소 확인할 수 있었다. 나는 조금 두근거리기까지 했다. 공중화장실 앞에서 기대를 하다니, 그것도 유럽의 공중화장실에서. 이런 일이 일어날 수도 있다니.

그가 티켓을 보여 준 나에게 부드러운 표정으로 오케이, 라고 말하고 나서 화장실에 들어갔다. 과연 그 안은 물기 하나 없었다. 수

많은 사람이 이용한 오래된 공간 특유의 낡음은 어쩔 수 없었지만 정갈하고 청결했다. 나의 볼일이 아주 짧게 끝나는 게 아쉬울 정도였다. 손을 씻고 나오기 전에 나는 서너 번 뒤를 돌아봤다. 혹시 이 공간에 내가 오점을 남기지는 않았는지 확인했다. 내가 나간 뒤 들어와 나의 흔적을 정리할 그를 생각하면서 부끄럽지 않도록.

친퀘테레, '다섯 개의 땅'이라는 이탈리아어의 의미 그대로 지중해와 닿은 절벽 위 다섯 마을. 마을들은 온갖 아름다운 것에 둘러싸여 있었다. 신의 축복을 받은 듯한 눈부신 풍경, 일상을 벗어던지고 휴식을 만끽하는 사람들의 평온한 얼굴, 절벽 아래로 앞다퉈 다이빙을 하며 삶의 희열을 가득 채우던 청춘들의 에너지, 바다와 육지의 경계를 무너뜨리던 아이들과 강아지들의 뜀박질, 태양을 향해 존재를 뽐내는 꽃과 나무.

아름다운 것을 모두 모아 놓은 그곳에서 가장 강렬했던 건 베르나차의 화장실 청소부였다. 일하는 그를 보며 일하는 나를 생각했다. 그의 일에 나의 일을 포개 봤다. 일, 세상의 수많은 일 중에 그는 왜 그 일을 하게 되었을까? 나는 왜 이 일을 하는 것일까? 나는 왜, 어쩌다 이 일을 하게 된 걸까? 그를 붙잡고 긴 인터뷰를 하고 싶었다. 청소를 마치고 나올 때마다 질문을 하나씩 던지면서 어떻게 일을 시작했는지, 그 일을 어떻게 평온한 표정으로 계속할 수 있는지,

일에 대한 불만은 없는지, 일을 사랑하고 있는 것인지 답을 들었으면. 그와 일 이야기를 실컷 나눠 보았으면. 사실은 내 일도 당신의 일과 크게 다르지 않아요. 조금 부끄럽고 자꾸 고개를 숙여야 해요. 하지만 아무도 보지 않는 곳에서 완벽하게 일을 마쳐요. 어쨌든 내 일이니까요. 다 털어놓고 서로의 마음을 어루만졌으면. 짙은 색의 머리카락을 밭게 자른 친절한 베르나차 청년의 일은 화장실에 사람이 드나들 때마다 뒷정리하는 일. 대필은 나의 일.

대필이 결국 내 업이 되었던 가장 큰 이유는 '돈'을 주어서였다. 슬프게도 나의 이야기는 돈이 되지 못했다. 출판사와 저자 인세 10%의 정당한 계약을 맺고 출간한 내 이름의 책은 지적 재산으로서의 역할을 충분히 하지 못하는 재산이었다. 지금의 출판계는 더 어려워졌지만 15년 전의 출판계도 쉽진 않았다. 자기 글만 써서 먹고 살 수 있는 사람은 전체의 10% 아니 1% 정도 됐을까?

사는 내내 일은 곧 돈이었는데 내 글을 쓰는 일은 그 공식과 무관했다. 다행인지 불행인지 대필은 그 공식에 부합했다. 내 글을 남의 글로만 바꾸면 공식에 맞게 답이 나왔다. 일=돈, 딱 떨어지는 산뜻함을 그 명료함을 버릴 수 없었다. 한 권, 두 권, 세 권 커리어가 늘면서 아주 조금이지만 작업료도 올라갔다.

새로운 명사들을 만날 때의 재미도 있었다. 서너 시간씩, 어느 때는 반나절이라는 긴 시간 동안 상대와 마음을 나눴다. 많은 시간 마주하고 함께하며 그의 생에 절여졌다. 달고 쓰고 맵고 짠 남의 생을 전체로 조망하는 일은 한두 시간 짬을 내 인터뷰하는 일과 형식만 같을 뿐 차원이 달랐다. 내 글을 쓰는 것만큼의 에너지를 써야 했다. 상대의 삶에 이미 절여졌으니 그 글은 내 글이기도 했다.

내 이야기를 돌볼 시간을 저당 잡히며 종일 남의 생각을 듣고 와 남의 삶을 상상하고 떠올리며 글을 썼다. 어쨌든 쓰는 일은 좋았고 쓰면서 즐거웠지만 쓰고 나면 허탈했다. 중간중간 내 이름으로 출간된 책의 스코어는 항상 안타까웠다. 결코 상위에 오를 수 없는 비운의 약체팀을 면치 못했다. 와중에 대필로 작업한 책들은 날개를 달고 세상을 누볐다. 좋으면서도 싫고 싫으면서도 좋았다. 이 감정을 어떻게 설명해야 할까?

10년쯤 되었을 때 아주 센 자괴감이 나를 짓눌렀다. 무슨 일을 하세요? 머뭇거림 없이 바로 말할 수 없는 내 직업. 별다른 의미 없이 그저 대명사일 뿐인 이모님, 어머님, 사장님, 저기요, 계세요와 크게 다르지 않은 작가님이라는 호칭. 다른 이의 인생을 정리하느라 쏟아붓고 있는 나의 시간. 뭐 하고 사는 것인가, 허무하고 허탈했다. 끝 모를 물속으로 내던져진 기분이 들어 다 때려치우고 싶었다. 조금씩 아주 조금씩 서서히 정말 서서히 지쳤다.

나는 점점 대필 일을 멀리하기로 마음먹었다. 잠시 멀어지고 싶었다. 자석처럼 붙어 있던 대필 일과 나를 떨어뜨리고 싶었다. 신기하게 이런 마음만 가졌는데 한쪽의 자기장이 약해져서인지 일이 뚝 떨어졌다. 일을 떨어뜨리는 건 어려운 일이 아니었다. 나는 내 일이 싫어요, 라고 누구에게도 말하지 않았는데 어떻게 알았는지 일이 점점 사라져 갔다. 이 사람 일 끝나면 다음 사람, 끝나면 다음, 이어지던 일이 듬성듬성 들어오더니 어느새 삐, 사망 직전 바이털 사인의 경고음이 울렸다.

반년 정도 어떤 의뢰도 없이 시간이 흘렀다. 처음 있는 일이었다. 대필이 나의 생계를 책임지고 있다는 걸 비로소 알게 됐다. 대필은 자아실현도 뭣도 아닌 그저 일이었다. 나를 먹여 살려 주는 일. 나를 움직이게 하는 일. 이번엔 일이 없다는 이유로 지쳐 갔다. 그게 무슨 일이든 할 일이 있다는 건 행복한 일이었다.

몇 개월을 우울하게 보내다가 문득 생각했다. 이렇게 앉아 있는다고 해결되지 않는다. 나가자. 인생은 기세, 기세다. 내 의지로 운의 흐름을 바꾸어 보기로 했다. 온 세상에 내 에너지를 퍼뜨리겠다는 생각으로 어디든 갔다. 미니멀리스트가 되어 단출한 삶을 살겠다며 접어 두었던 쇼핑을 다시 시작하고 화장품도 새로 샀다. 하소연 금지, 나이 탓 금지, 신세 한탄 금지.

매일 하루 눈을 뜨면 오늘의 좋은 것을 찾아 헤맸다. 영감을 얻으려고 전시나 공연을 보기 위해 매일 서울로 나갔다. 문득 떠오르는 게 있으면 적극적으로 먼저 연락을 해서 출판사 관계자들과 시간을 보내기도 했다. 당시의 나는 일을 구하려고 애쓰기보다 삶을 열어 놨다는 표현이 맞을 것 같다. 사람이든 일이든 다른 어떤 반짝이는 생각이든 나의 삶에 들어오시오, 대문을 활짝 열고 반길 준비를 했다. 꼭 돈벌이가 아니라도 내가 할 수 있는 일이 무엇일까 고민했고, 뜻밖의 새로운 업을 만날 수도 있다는 생각으로 활력 넘쳤다.

정말 신기하게 다시 의뢰가 들어왔고, 최선을 다해 기쁘게 일을 했다. 한 번의 큰 파도를 겪고 그래프의 맨 아래 꼭짓점에 닿은 후에야 알았다. 나는 돈이 아니라 일이 있어야 행복한 사람이었다. 그때부터 삶을 바라보는 태도를 바꿨다. 더 이상 불안의 동아줄을 잡고 먼 미래를 바라보며 살지 않기로 했다. 오늘 하루를 잘 사는 걸 목표로 했다. 오래전 인터뷰했던 심리학자 최인철 교수는 "행복은 쾌快한 상태"라고 말했다. 내가 쾌한 상태에 있으면 세상이 그걸 알아본다고 믿는다. 좋은 에너지가 좋은 일을 가져온다는 걸 경험한 뒤 나는 쾌하게 살려고 노력한다. 새로운 하루 쾌하게 보내는 방법은 눈앞에 주어진 일에 최선을 다하는 것. 그것이 무슨 일이든 심부름이든 뒤치다꺼리든 내 글이든 남의 글이든.

일의 의미도 다시 정의했다. 일은 나의 정체성과 아무 관련이 없다. 나라는 사람은 어떤 일을 하느냐로 정해지는 것이 아니라 어떻게 사느냐로 정해진다. 일은 하루하루를 잘 사는 데 필요한 재료 중 하나다. 무엇을 하느냐가 아니라 어떻게 하느냐에 초점을 맞추니 의외로 모두 간단했다. 신기하게도 오늘 주어진 일이 사랑스럽기까지 했다.

가장 큰 문제는 대필을 한다는 사실이 아니라 내가 대필을 할 사람이 아니라고 인식하는 것이었다. 자기 객관화가 되지 않은 인생은 이래서 고달프다. 내가 아닌 나를 증명하느라 괜한 허세를 부리고 허세를 부려야 하니 진실은 비밀이 된다. 짧지 않은 시간 나의 일은 공공연한 비밀이었다.

비밀에서 해방되려면 스스로 더 이상 그것이 약점이라고 생각하지 않아야 한다. 나의 위치를 정확히 인식한 뒤 나는 마침내 비밀에서 놓여났다. 상상 속에 저 멀리 어느 빛나는 별에 찍어 놓은 점이 아니라 현실의 내 자리에 점을 찍고 정말 행복했다. 오지 않을 꿈의 우주에서 벗어난 기분이랄까. 내 위치를 정확히 인식한 건 인생의 혁명이었다.

다시 베르나차. 이탈리아 청년을 만난 건 변곡점을 지나 그 어느 때보다 활발히 대필을 하던 중이었다. 겪어 봤으므로 나는 그가 어떤 마음으로 일하는지 이해할 수 있었다. 어떤 생각으로 줄이 줄어들지 않는 관광지 역의 화장실 앞을 지키고 있는 건지, 길게 늘어선 줄을 개의치 않고 한 사람이 사용하고 나오면 바로 들어가 물기 하나 없이 꼼꼼하게 닦아 내는 건지, 긴 줄을 서느라 한껏 찡그린 사람들에게 어떻게 그리 환하게 웃을 수 있는 건지. 그와 대화를 나누지 않아도 충분히.

대부분 꿈꾸던 인생을 살진 않을 것이다. 그러나 누구나 일을 하며 살아간다. 나는 내 글로 사랑받는 작가를 꿈꿨지만 지금 현재 대필작가이고, 대필은 나의 일이다.

글과 마음

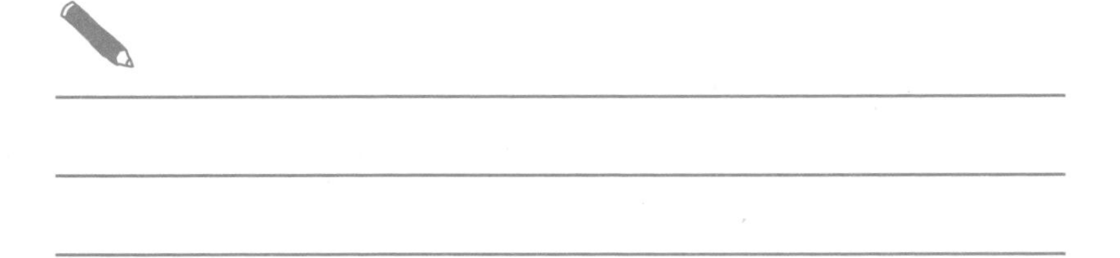

라스페치아, 라스페치아. 이 다섯 음절이 통 입에 붙지 않아 라페치아노? 라스카라치? 라스페치아에 도착할 때까지 내 맘대로 불러 댔다. 지인이 살고 있던 토스카나의 시골 기차역에서 한 시간 반. 다섯 개의 절벽에 세워진 마을이라는 뜻의 친퀘테레로 가는 길목. 라스페치아 기차역에 도착해서야 그 이름이 오류 없이 제대로 나왔다.

라스페치아는 한적한 항구도시였다. 조금 허전하고 밋밋했던 기차역 앞을 지나 돌길을 밟으며 걷기 시작했다. 골목골목 집집마다 진한 자줏빛의 꽃들이 장식되어 있었다. 민트색 창문에 자줏빛 꽃은 그림 같았다. 고상하게 표현하면 삶을 가꿀 줄 아는 사람들이 사는 동네였고 편하게 말해 부자 동네였다.

저 멀리 장식처럼 요트를 정박해 놓은 바다가 보였다. 시원한 바람이 불고 야자수의 잎들이 펄럭였다. 주인과 나른하게 걷고 있는 개들과 요트 사이사이 고깃배에서는 그날 저녁 식탁 위에 오를 싱싱한 생선들이 박스에 담겨 뭍으로 옮겨졌다. 벤치에 앉아 지중해의 풍경을 한참 구경하다가 다시 부자들이 사는 골목으로 돌아갔다. 마사지 예약 시간이 다 되어 가고 있었다.

라스페치아에 오기 전 매일 평균 2만 5천 보를 걸었다. 어느 날은 3만 보, 기차를 타고 이동한 날은 2만 보. 피렌체와 밀라노 구석구석을 걸어 움직였다. 가면 갈수록 걷기가 수월해지고 몸도 가벼워졌지만 이쯤에서 한 번, 절벽 마을 친퀘테레를 가기 전에, 동남아도 아니고 이탈리아까지 와서 마사지를 받아야 한다면 바로 지금.

마사지사는 영어를 한 마디도 못 하는 중국 사람이었다. 가운과 일회용 속옷을 건네주며 활짝 미소를 짓는 것으로 인사를 대신했다. 다행히 땡큐, 라는 말만은 알아들었다. 침묵이 흐르고, 엎드려 있는 내 등에 오일이 발라졌다. 골고루 정성껏 오일을 바르던 그녀는 목 아래 움푹 팬 곳에서 시작하는 긴 척추뼈를 따라 검지손가락으로 가만히 선을 그었다. 아… 작은 탄식. 나는 한국말로 수술자국이에요, 라고 말했다. 그녀는 영어를 몰랐고, 나는 중국어를 몰랐으니까 어느 말이든 괜찮다고 생각했다. 이번엔 앞쪽에 강세를 둔 아, 소리가 들렸다. 역시 모르는 언어였지만 다 알아들은 듯했다. 그녀는 아주 천천히 소중하게 나의 흉터를 어루만져 줬다. 그 손짓과 감촉은 말과 다르지 않았다. 많이 아팠겠어요. 힘들었죠. 아프지 않게 조심할게요. 앞으로 당신에게 이런 일이 일어나지 않았으면 좋겠어요. 분명히 그렇게 말하고 있었다.

그녀에게 중국 어디서 왔느냐고, 말 한마디 통하지 않는 사람들과 지낼 만하냐고, 당신은 이곳에서 행복하냐고 묻고 싶었지만 엎드려서 고개를 작은 구멍에 묻어 두고 있는 나는 표정으로도 말할 수 없었다.

마사지를 마치고 계산대 앞에 벌을 서듯 두 손을 모으고 서 있는 그녀에게 10유로의 팁을 건넸다. 크지 않은 액수인데도 무표정하던 그녀의 얼굴에 환하게 꽃이 피어났다. 중국말로 감사 인사를 하더니 새는 발음으로 생큐생큐라고 했다. 이탈리아인 주인이 그 모습을 보고 당신이 저 사람을 행복하게 해 줬네요, 라고 말했다. 아니에요, 내가 해피해피 생큐생큐예요.

한껏 가벼워진 몸으로 구글 평점이 만점에 가까운 레스토랑을 찾아내 디너 예약을 하니 시간이 남아 시내를 어슬렁거렸다. 월요일이라 문을 연 상점이 거의 없어서 서울에도 있고 런던에도 있고 밀라노에도 있던 자라 매장에 들어갔다. 레스토랑 오픈까지 30분, 시간을 때우기 위해 들어간 그곳에 낯익은 얼굴이 스쳐 지나갔다. 중국인 마사지사였다. 숍에서 봤던 것과는 다른 얼굴이었다. 자유로운 표정이었달까? 얼마 되지 않았던 나의 팁이 작은 행복이었기를 바라며 일부러 멀리서 그녀를 지나쳤다. 그 자유를 방해하고 싶지 않았다.

라스페치아에 머무는 동안 모든 것이 좋아서 이 동네에 꼭 다시 올 거라고 차를 마시고 밥을 먹을 때마다 선언했는데 돌아와서는 풍경보다 그녀와의 대화가 더 자주 떠올랐다. 말이 아닌 마음을 나누던 대화.

긴 시간 내 일이 글을 쓰는 것이라고 착각했다. 이야기를 글로 만드는 임무에 충실하면 그걸로 됐다고 믿었다. 글을 잘 써 주기만 하면 된 거라고 여겼다. 생각해 보면 글은 아무것도 아니었다. 글은 한낱이나 고작 같은 부사를 붙여도 되는 그런 것이었다. 대필이라는 일에서 가장 중요한 것이 사람이라는 걸 나는 조금 늦게 알게 됐다. 아이러니하게도 글보다 사람에 방점을 찍었을 때 더 만족할 만한 글이 나왔다. 진작에 말이 통하지 않아도 진심을 전하는 라스페치아의 중국인 마사지사처럼 일했어야 했다.

그녀의 이야기를 글로 옮겨 줄 때 이 사실을 깨달았더라면 좋았을걸. 그녀와 첫 미팅을 가진 곳은 강남의 한 카페였다. 세련되고 멋진 사람들이 모여든다는 그 거리에서 그녀는 단연 돋보였다. 화면에서 자취를 감춘 지 오래, 나이를 먹었음에도 눈부신 미모였다.

그녀는 매끄러운 외모와 달리 곡절 많았던 삶에 대해 정리를 하고 싶어 했다. 한창 활동하던 당시 그녀의 라이프 스타일을 동경했던 나는 그녀를 다시 빛나게 해 주고 싶었다. 그녀는 밝게 염색한 나의 헤어컬러가 마음에 든다고 했다. 새치가 심한데 검정색으로 하면 너무 티가 많이 나서 흰머린지 노랑머리인지 헷갈리라고 그냥 밝게 물들인다는 말에 깔깔 웃으며 자기도 그 방법을 써야겠다고 했다. 저렇게 예쁜 사람도 새치 걱정을 하는구나, 하는 생각에 나도 깔

깔 웃었다.

안타깝게도 서로 공감을 하며 대화한 건 그게 마지막이었다. 본격적인 작업을 시작하며 알게 된 그녀는 나와 정말 다른 결의 사람이었다. 아무려나 괜찮았다. 대필을 하면서 그런 일은 얼마든지 겪는 것이었다. 글은 공감과 상관없이 지을 수 있었다. 하지만 이번엔 달랐다. 그녀 고유의 언어가 있었는데 그게 현실 세계와는 조금 다른 차원이었다. 자신만의 세계에 오래 갇혀 살았던 사람의 말을 나는 알아들을 수 없었다. 아니 알아들었지만 못 알아듣는 척했다.

도무지 그녀의 이야기를, 아니 그녀를 이해할 수 없을 것 같았다. 그녀는 내가 기도 같은 글을 써 주길 바랐고 나는 그녀가 제발 기도를 멈추고 현실을 바라봤으면 했다. 자신의 삶을 솔직하게 회고하고 싶다던 처음의 다짐과 다르게 그녀는 자꾸 결정적인 순간에 말을 돌렸다. 왜, 왜 그랬는지에 대한 이유가 없었다. 인생에 중요한 사건만 있을 뿐 사건이 일어나기까지의 과정이 없었다. 답답하여라. 조금 깊게 이야기한다 싶으면 등장한 누구누구의 이름을 빼 달라고 요구하기도 했다. 사건의 중심에 있는 사람인데 이름을 빼면 어떻게 이야기가 전개되나요? 말씀하셔야 한다고 설득하면 안쓰러운 아이의 얼굴을 하고 금방 풀이 죽었다. 그래야겠죠?

글을 쓸만한 재료가 좀처럼 쌓이지 않았다. 나는 만날 때마다 다그치듯 재촉해 이야기를 털어놓게 했다. 일을 해야 했으므로. 나의 일은 글을 쓰는 것이었으므로. 하나씩 마지못해 그녀가 '왜'를 설명할 때마다 아… 탄식이 나왔다. 마음의 흉터는 생각보다 짙었다. 그 흉터를 만든 상처들을 쉬이 쏟아낼 수 있는 종류의 것이 아니었다. 평범한 사람들이라면 경험하지 않았을 일.

듣고 쓰는 나는 자신의 이야기를 타인에게 드러내는 것이 얼마나 힘든 일인지 미처 알지 못했다. 알려고도 하지 않았다. 나는 '일'을 하는 중이었고, 듣고 쓰라고 나를 고용했으면서 도대체 왜 숨기느냐고 쿨하지 못하다고 비난만 했다. 숨겨 놓았던 상처를 꺼내놓는 건 쉽지 않은 일이었다. 말로 다시 꺼내기 힘든 고통이 지나간 삶을 가만히 그저 아무 말 없이 어루만져야 했다는 걸 그녀가 다 털어놓고 나서야 알았다. 대상을 사랑하는 마음은 나의 일에서 글보다 더 중요한 것이었다.

불우했던 어린 시절, 자기애를 충족시켜 주지 못한 청년 시절, 스스로 지켜 낼 수 없었던 궁핍한 환경, 자신을 지키기 급급했던 중년의 시간이 나의 문장으로 길게 이어질 때마다 가슴이 아팠다. 그녀와의 작업은 나의 일이 글에서 사람에게로 한 걸음 다가서게 된 사건이었다. 우리는 제법 가까워졌고 그녀는 영영 말하지 않을 것 같은 비밀을 먼저 꺼내 놓았다.

내가 여행을 다녀오면서 단걸 좋아하는 그녀의 선물로 건망고와 코코넛칩을 사 온 날이었다. 과일 한 조각도 예쁜 그릇에 담아 먹는 그녀가 어쩐 일인지 봉지째 뜯어 코코넛칩을 먹기 시작했다. 먼지 한 톨 없는 카펫 위에 가루가 흩어져도 아랑곳하지 않았다.

그녀가 원하던 진솔한 인생 이야기가 완성됐다. 우리는 극장에 가서 함께 영화를 봤다. 영화 너무 좋네요. 앞으로도 종종 만나요. 그녀의 말에 영화가 정말 재미있었다고, 그러자고 약속했다. 서로 곁을 주지 않던 우리는 그렇게 다시 공감했다. 세련되고 멋진 사람들이 모인다는 거리에서 그녀는 여전히 가장 아름다웠다.

대필작가의 일은 그러니까 사람을 사랑하는 것이다. 눈앞에 있는 상대의 상처를 가만히 어루만지는 것이다. 말이 통하지 않아도 아… 하고 탄식을 내뱉는 일. 그렇게 마음을 나누는 일.

질문보다 듣기

서두르다가 그르친 일이 얼마나 많은지 말도 못 한다. 식탁 위의 물을 쏟고 국을 엎고 반찬을 흘리다 엄마에게 등짝을 맞았던. 차 문에 옷이 낀 채 고속도로를 달리고, 바지에 급하게 다리를 꿰어 넣다 넘어지고, 아이에게 매번 익지 않은 감자요리를 먹이는 사람. 그게 나예요.

어쩌다 나는 조급함이 기본값이 되었는지, 생긴 대로 살며 오래오래 행복, 하려다가도 사고를 치는 바람에 불행을 맛봐야 했다. 다행히 일에 있어서 조급함은 가끔 장점으로 작용했다. 글로 먹고산다는 건 마감을 껴안고 사는 일이니까.

일을 할 때 마감을 지키기 위해, 마감 전에 미리 일을 끝내 놓느라 오두방정을 떤다. 이건 한편으로 단점이기도 해서, 내 글을 쓸 땐 마감에 집착하느라 더 좋은 표현을 놓치곤 했다. 그리고 인터뷰할 때 그렇다. 누군가의 속마음을 들어야 하는데, 이 조급증이 자주 일을 그르쳤다.

20년 전에 처음 인터뷰를 시작할 땐 이렇게 하는 게 일을 잘하는 방법이라고 생각했다. 사보 인터뷰에 대단한 기술이 필요한 게 아니라서 노하우를 배우고 말고 할 것도 없었다. 만들어 간 질문지를 보며 후딱 시간을 맞추기에 급급했다. 사보 인터뷰이들은 사내 직원들이 대부분이라 일과시간에 짬을 내 인터뷰를 하는 그들에게 속전속결은 나쁘지 않은 방식이었다.

대필은 달랐다. 누군가의 인생을 관통해야 완성됐다. KTX가 아닌 무궁화호를 타고 천천히 달려야 하는 일이었다. 최대한 천천히 양옆 창가의 풍경을 하나도 놓치지 않아야 했다. 운 좋게 제일 처음 대필 작업을 했던 『인생기출문제집』은 한 권의 책에 여러 인물의 이야기로 이루어져서 한 인물당 분량이 적었고, 주제가 확실해 인생 전반을 아우르지 않고도 메시지를 담아낼 수 있었다. 그럼에도 사보의 인터뷰를 하던 프로세스와는 확연히 다르게 접근해야 한다는 걸 알았다.

사보 인터뷰가 덜 중요한 것은 물론 아니다. 누군가의 이야기를 글로 담는 건 사보건 단행본이건 다르지 않다. 다만 대중서와 특정 집단을 위한 책이라는 차이가 있다. 대중서는 될 수 있으면 많은 사람의 공감을 얻어야 한다. 그러기 위해 한 사람의 인생을 입체적으로 조망할 필요가 있다. 조급하게 서두르지 않고 차분하고 천천히 들여다봐야 한다. 우아하게 가만한 속도로. 그걸 알고 난 뒤로 작업 방식이 조금씩 바뀌었다. 조급증을 한 번에 버리긴 어려웠지만 대필을 할 때만큼은 다른 사람이 되려고 노력했다.

대필 의뢰가 들어오면 먼저 그 사람에 대해 조사를 시작한다. 어떤 배경을 가지고 어떻게 살아왔는지, 현재 어떤 이슈가 있는지 등 그 사람의 크고 작은 성과와 성취를 그러모아 미팅을 시작한다. 첫 만남엔 질문을 하지 않는다. 첫 만남에서 질문을 퍼붓는 건 막무

가내로 보이기 쉽다. 누군가에게 이야기를 털어놓게 하는 가장 좋은 방법은 릴랙스, 힘을 빼고 편안하게 만들어 주는 것이다. 그런 의미에서 초면에 질문을 시작하는 건 좋은 방법이 아니다. 저 사람이 나를 어떻게 대하는지, 단순히 일감으로 보는지 아니면 진짜 내 이야기를 궁금해하는지 상대는 금방 알아차린다. 누구라도 내 이야기를 진심으로 궁금해하는 사람과 일하고 싶지 않을까?

첫 만남에서는 서로 호감을 나눠야 한다. 억지로 잘 보이려고 노력할 필요는 없다. 내가 먼저 호감으로 다가서면 반은 성공이다. 호감은 사소한 것에서 시작되고, 취향이 같거나 혹은 달라서, 속도가 같거나 달라서, 입맛이 같거나 달라서 어떤 것이든 호감의 시작이 될 수 있다. 중요한 건 내가 먼저 호감을 표현하는 것. 나에게 호감을 느끼는 상대를 싫어할 사람은 거의 없다.

처음부터 경계를 풀 것을 기대해서도 안 된다. 경험상 의뢰인이 진짜 마음을 열고 고백하듯 털어놓는 순간은 적어도 3번의 만남이 지난 후였다. 그 전까지는 저 사람에게 과연 나를 다 보여 줘도 될지 고민하며 마지막 걸쇠를 풀지 않는다. 진짜 궁금하고 자세한 질문, 앞에서 들었는데 아무래도 개연성이 없는 사건에 대한 진실은 그즈음이 되어 물었다.

첫 미팅은 호감을 나누며 책이 어떤 방향으로 가길 원하는지,

어떤 이야기를 담고 싶은지를 충분히 듣는 시간이다. 질문은 대화 속에서 찾아내면 된다. 왜 그 방향을 원하는지, 왜 하필 그 시절의 이야기인지 천천히. 충분히 의도를 파악하고 나면 어떤 식으로 그림을 그려 나갈지가 어렴풋하게 보인다. 그리고 헤어지기 전 넌지시 묻는다. 제일 하고 싶은 이야기가 뭐냐고. 누군가는 어린 시절의 이야기, 누군가는 성공한 이후의 이야기, 누군가는 어느 사람을 만났던 순간의 이야기 등 중요하게 생각하는 지점이 저마다 다르다. 특별히 없다고 하면 최초의 기억에 대해 생각해 보라고 숙제를 낸다. 나에게 사진을 보여 준다고 생각하고 장면 장면을 이야기해 달라는 요구도 덧붙여 부탁한다.

질문을 억지로 만들어 가면 내가 설정한 질문에 맞는 답을 끌어내려고 애쓰는 내 모습을 발견하게 된다. 애써서 완성한 것은 재미가 없다. 말 그대로 재미가 없다. 좋지도 싫지도 않지만 딱히 시간을 보내고 싶지 않은 상대와 하는 데이트 같다. 재미있었어? 라는 질문에 그럭저럭 괜찮았지만 절대로 재미있었다고 말할 수 없는.

어떤 질문을 할까 연연하지 말고 어떤 말을 나눌지 고민해야 한다. 의뢰인들이 작가님 어떤 말을 해야 할까요? 라고 물으면 늘 나는 같은 말을 건넨다. 어떤 것도 괜찮으니 하고 싶은 이야기를 하세요. 그래도 머뭇거리면 처음과 관련된 질문을 던진다. 어릴 때 어떤 아이였어요? 이 일을 어떻게 시작하게 된 거예요? 자연스럽게 말의 물꼬를 트면 다음 질문이, 그다음 질문이 떠오른다.

그렇게 인터뷰가 시작되고 두 번째, 세 번째로 이어지는데 사실 대필 인터뷰에 있어서 중요한 건 질문이 아니다. 질문은 정말 아무것도 아니다. 제일 중요한 건 듣는 일이다. 인터뷰의 노하우가 뭐예요? 딱 하나만 알려 달라면 차분히 서두르지 않고 가만히 들어 주는 것이라고 말하겠다. 그러니까 더 중요한 건 그 사람을 궁금해하는 것, 그의 이야기가 듣고 싶어 미칠 만큼 애정을 갖는 것이다.

경험상 한 권의 책을 만들 때 인터뷰는 5회에서 6회, 한 번 인터뷰에 걸리는 시간은 3시간에서 4시간 사이가 가장 좋았다. 첫 만남은 워밍업, 두 번째와 세 번째에서 가벼운 이야기를, 4, 5회 차에서 미처 말하지 못했던 속엣것을 자세히 듣고 원고를 정리한 후 마지막으로 아쉬운 부분을 채우는 시간을 가지면 한 권이 완성됐다. 만나는 주기는 작업물의 성격이나 일정에 따라 다르지만 웬만하면 2주나 3주에 한 번을 선호하는데, 의뢰인이 다음 이야기를 고민하기 위해 그 정도의 시간차가 필요했다. 그 정도 시간이 인터뷰 내용을 원고로 정리하면서 헐거운 부분이나 개연성이 부족한 부분을 체크하기 알맞았다. 그러니까 아주 기본이 되는 스킬이라고 하면 천천히 듣고 또 듣는 것, 가만히 들어주는 것.

말과 문장 사이

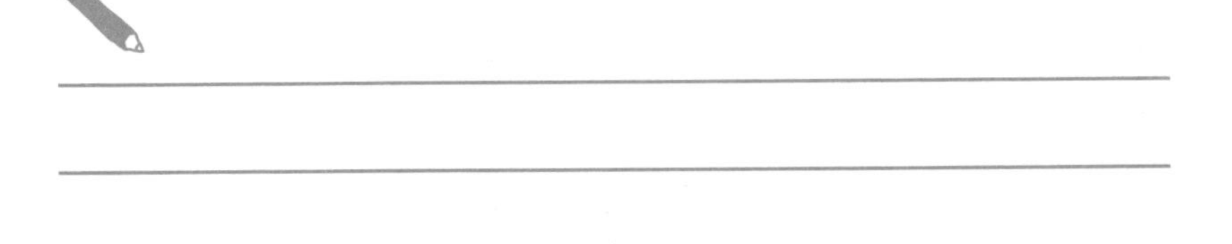

생각해 보면 이러려고 그랬나 싶은 것들이 있다. 생의 첫 기억은 외갓집 툇마루다. 아픈 엄마가 요양 중이라 외갓집에서 어린 시절을 보냈다. 첫딸인 엄마의 첫딸이니 외할머니와 외할아버지에게 나는 손녀라기보다 늦둥이 딸 같은 존재였다. 40대 후반의 할머니, 할아버지는 손녀딸을 돌보는 은퇴한 노인이 아니라 한창 일을 하는 중년이었다. 아픈 엄마를 떠나 바쁜 할머니에게 맡겨진 아이는 상대적으로 한가한 증조할머니와 지내는 시간이 길었다. 또래 친척 모두 무서워하는 증조할머니였지만 나는 친구처럼 가까웠다. 매일 콜라 한 병, 2홉들이 소주 한 병, 담배 한 갑만 있으면 행복했던 증조할머니. 크지 않은 동그란 스테인리스 쟁반에는 할머니의 행복을 책임지는 것들이 가지런히 놓여 있었다. 그 쟁반을 옆에 두고 물기 없이 풋내나는 열무김치에 막고추장과 참기름을 넣은 비빔밥을 함께 먹으며 나는 쉬지 않고 떠들었다.

엄마가 투병을 끝내고 돌아와 조부모가 아닌 부모와 살게 된 뒤에도 나는 자주 외갓집을 찾았다. 어린이 잡지가 새로 나온 다음 날이면 증조할머니와 나란히 누워 잡지에서 본 온갖 이야기들을 전했다. 어메, 아이고 그러냐. 증조할머니는 소주 한 컵을 시원하게 비워서인지 진짜 이야기가 재미있어서인지 팔을 이마에 대고 누워 맞장구를 쳐 줬다. 그러면 나는 더 신이 나서 잡지에서 본 삽화나 사진까지 말로 설명을 하고.

그리고 또 다른 기억. 아침 조회가 시작되기 전 교실. 아이들이 내 자리로 모여들었다. 전날 여러 가지 이유로 보지 못한 드라마를 '듣기' 위해서였다. 나는 우리 반 전기수였다. 채널권이 없거나 혹은 공부해야 했거나, 밖에서 놀다가 늦게 들어가 드라마를 놓친 친구들에게 영상 하나하나 구체적으로 옮기며 내용을 이야기해 줬다. 멋진 남자 주인공이 등장하는 장면은 조금 더 자세히 길게, 남녀 주인공이 사랑하게 되는 순간은 더더욱 길고 길게. 세심한 것까지 놓치지 않으려 했다. 어떤 모습으로 달려가 어떻게 안았는지를 말하면 친구들은 한꺼번에 소리를 질렀다. 그 시간을 위해 공들여 드라마를 보고.

전기수 노릇은 공부할 시간에 했던 쓸데없는 짓이었지만 재미있는 건 지금, 내 업에 도움이 된다, 고 하면 억지일까? 그러니까 생각해 보면 나는 그때 본의 아니게 영상을 말로 옮기는 연습을 했다. 이게 대필과 무슨 상관이냐면…

대필은 상대의 말을 글로 바꾸는 작업이다. 의뢰인이 자신의 생이나 전하고 싶은 메시지를 말로 해 주면 그걸 글로 옮긴다. 문제는 말에 전부 담기지 않는다는 것이다. 내 이야기를 쓸 때는 작은 것도 세밀하게 묘사해서 길고 깊고 풍부한 이야기로 만들 수 있지만 상대가 해 준 '말'만으로는 표현이 제한된다.

위에서 말한 증조할머니를 행복하게 하는 것들의 경우, 나는 소주 한 병과 콜라 한 병과 담배 한 갑이 크지 않은 스테인리스 쟁반에 담겨 있었다는 한 문장을 추가했다. 이 책에 그 이야기를 너무 길게 할 필요가 없어 짧게 정리했지만, 만약 필요하다면 주변에 대한 묘사와 함께 그 장면과 풍경을 한 페이지로 늘려 쓸 수 있다. 나의 기억에 저장된 장면이니까.

하지만 의뢰인의 기억 속 장면은 그렇게 표현하기가 쉽지 않다. 특히 자서전 등 인생 전반을 돌아보는 책에 넣을 이야기를 할 때는 굵직한 사건 위주로 이야기한다. 어린 시절 기억에 남는 사건, 학창 시절 기억에 남는 사건, 성인이 되어 겪었던 사건 등등. 기억나는 대로 건조하게 쭉 나열한다. 그렇게 들은 이야기를 글로 옮기는데, 말을 그대로 옮길 수는 없는 노릇이다. 인물의 삶을 대필하는 책은 단순한 정보서가 아니기 때문에 그 사람만의 정서가 실려야 한다. 정보의 나열이 아니라 서사가 담긴, 읽고 싶은 글을 만들어야 하는 것이다.

"어릴 때 개구쟁이였어요. 매일 쏘다니며 놀았지. 엄마가 불러야 집에 오는 그런 아이였어요." 의뢰인이 이런 말을 해 주면 묻는다.

"어떤 동네에 살았어요? 어린 시절 집 근처 풍경은 어땠어요? 긴 골목이 있는 주택가였는지, 아파트 대단지였는지, 집이 듬성듬성한 시골 동네였는지 기억나요?"

"주택에는 한 번도 안 살아 봤어요. 어려서부터 아파트에 살았는데, 초창기 아파트의 풍경은 주택가와 크게 다르지 않았어요. 아래윗집 다 알고 지내고. 주차장에 차도 별로 없을 때라 거기서 땅따먹기 하고 그랬죠."

이 정도의 정보면 이제부터 그의 말을 토대로 문장을 만들 수 있다. 나는 본의 아니게 훈련하게 된, 영상을 말로 옮기기를 약간 변형해 머릿속에 의뢰인이 말해 준 장면을 영상으로 띄우고 그걸 글로 옮긴다.

> *아파트엔 집마다 고만고만한 아이들이 무럭무럭 자라고 있었다. 옆집 아랫집 윗집 어디에도 친구가 있었다. 아침에 눈을 뜨면 계단을 오르내리며 친구들을 모았다. 아이들은 떼 지어 몰려다녔다. 그중에서도 나는 엄마가 부를 때까지 집에 가지 않는 아이였다. 엄마는 나를 부르려고 옆집, 아랫집, 윗집, 옆 동까지 찾아가야 했다. 아이들만큼 어른들도 터놓고 지내던 때라 가끔은 나를 찾으러 갔던 엄마가 나보다 늦게 집에 오기도 했다.*
> *지어진 지 얼마 되지 않은 아파트 단지는 쾌적해서 아이들이 놀기*

에 그만이었다. 구획이 그어져 있었으나 차가 몇 대 없어 텅 비었던 주차장은 최고의 놀이터였다. 각호 입구마다 예쁘게 정돈된 작은 풀밭을 뒤져 그림 그리기 좋은 돌을 주워, 주차선을 기준으로 가로 세로 줄을 그어 게임을 했다. 각자 하나씩 손에 쥔 돌을 도형 안에 들어가게 던져 금을 밟지 않고 가느라 한쪽 발을 들고 콩콩 뛰었다. 그게 뭐라고 얼마나 긴장을 했는지.

마음을 졸이며 뛰던 순간, 두 다리를 힘껏 뻗어 금 너머의 세상으로 착지할 때의 기분. 아직도 잊을 수 없다. 늘 땀에 절어 있던 티셔츠, 걷기보단 뛰는 게 익숙했던 시절. 그 시절의 나는 슈트를 입고 천천히 걷는 지금의 나를 상상할 수 없었다.

어느 경영인의 어린 시절 이야기다.

다른 이의 생을 글로 옮길 때 내가 가장 많이 쓰는 방법은 머릿속에 가상의 영상을 띄우는 것이다. 그렇게 하면 말만으로는 부족했던 이야기들이 입체적으로 살아난다. 내 이야기는 써도 남의 이야기 쓰기가 쉽지 않을 것 같다면 이런 방법도 있다. 아마 책을 많이 읽은 사람들은 쉽게 적용할 수 있을 것이다. 책을 읽는다는 건 머릿속에 새로운 영상을 끊임없이 만들어 내는 일이다. 내 멋대로 그리고 상상하는 일. 대필은 그걸 반대로만 하면 됐다.

생각해 보면 그러려고 그랬나 싶은 것들이 있다. 어느 하루, 종일 유튜브만 봤다고 스스로를 너무 자책하지 말자. 그 또한 누군가의 워딩을 나의 문장으로 바꿀 스킬로 발전하게 해 줄 수도, 뭐 그럴 수도 있는 것이다.

+ 지금까지 내 이름으로 나온 6종의 책들

경험의 쓸모

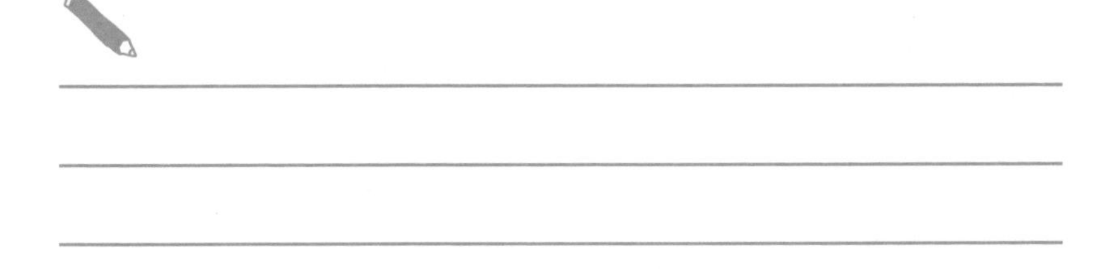

자신의 회고록이 출간되기 직전에 고인이 되신 조호정 선생님은 독립운동가의 딸로 어려서부터 곡절이 많으셨다. 상하이에서 태어나 유치원에 다닐 무렵 다시 고국으로 돌아오셨는데 파편 같은 상하이에서의 기억을 가지고 사셨다. 아픈 엄마를 대신해 업어 주던 옆집의 중국 할아버지와 말이 통하지 않아도 어울려 놀던 중국 아이들과 조계지의 프랑스 공원에 자주 갔던 일에 대해.

그 이야기를 전해 듣고 파편을 그러모아 장면을 만들기 위한 사전 작업에 들어갔다. 룽탕 가옥 자료를 찾고, 유튜브를 뒤져 1930년대 상하이의 풍경을 보고, 그 시절에 대한 고증이 잘되어 있다는 영화 <색, 계>를 다시 봤다. 15년 전 아직 개발이 덜 되었을 때 상하이를 다녀온 것도 도움이 됐다. 여행은 휴식이고 쉼이고 다른 문화를 만나 특별한 하루하루를 보내는 일이라고 생각했는데, 십수 년이 지난 다음에 그때 느꼈던 정서를 써먹을 줄 누가 알았겠나. 훗날 떠올리면 슬쩍 웃음이 그어지는 추억의 재료 정도는 되겠거니 하는 생각은 했어도, 오랜 세월이 지나 어떤 문장을 완성하는 데 그 시간이 쓰일 거라고는 짐작하지 못했다. 모든 사람에게 경험은 인생에 필요한 요소이지만, 특히 대필가에게 경험은 그 중요성이 더 높아서 즉각 사용할 수 있는 자산이라고 할 수 있다. 조호성 선생의 말과 나의 경험을 통해 다음과 같은 글을 완성했다.

몸이 아파 놀아 주지도 못하고 자주 누워 지냈던 엄마를 대신해 업어 주던 이웃 할아버지의 등. 알아듣지 못하는 중국말로 흥얼거리는 노래를 자장가 삼아 나는 할아버지 등에서 새근새근 잠이 들곤 했다. 건물 사이사이 햇빛과 그늘이 만들어 내던 일렁이는 그림자를 향해 손가락을 폈다 접었다 하며 평화롭게 잠들었던 어린 날.
조금 자라고 나서는 제법 아이들과 어울려 놀기도 했다. 골목 이곳저곳 어디나 아이들이 가득했다. 아이들의 세계에서는 조선인이고 중국인이고 나라도 국적도 아무 상관 없었다. 붉은 벽돌로 지어진 촘촘한 2층 건물들이 요새처럼 감싸고 있는 곳에서 아이들은 금방 친구가 됐다. 어린애가, 말이 통하지 않는데 혼자 나가서 웃고 떠들며 놀고 들어오는 게 신기해 엄마는 나에게 자주 물었다고 한다.
"우리 호정이 무슨 얘기 했어?"
그러면 나는 그저 엄마 앞에서 환하게 웃고 말았다는 이야기를 나중에 숙모를 통해 들었다. 어렴풋하게 기억에 남은 상하이 골목이 아버지와 아버지의 동료들에게는 도주의 길이 되기도 했다는 걸 훗날에야 알게 됐다. 그 시절 어머니와 아버지가 누릴 수 없었던 작은 행복들을 나는 무람없이 누렸다. 아이만이 누릴 수 있는 특권이었다.
엄마의 손을 잡고 우리 동네 룽탕 골목을 지나 석고문 입구 쪽으로 걸어가면 해가 좋은 어느 날은 조명이 켜진 것처럼 아치형 석고문

> *의 모양이 바닥에 환하게 새겨졌다. 그러면 마치 새로운 세상을 밟는 듯 조금은 들뜬 마음으로 세상 속에 잠기곤 했다. 우리가 살던 프랑스 조계는 이국적인 거리였다. 유럽풍의 건물과 심은 지 얼마 되지 않았지만 유난히 신록을 뿜어내는 플라타너스 나무 사이를 지나 마침내 프랑스 공원에 도착하면 엄마는 빈 벤치를 찾아 나를 옆에 앉히고 가만히 하늘을 바라보곤 했다.*

경험이 많다는 건 잔고가 두둑한 통장 하나를 들고 있는 것과 마찬가지라는 생각을 하게 되기까지 좀 오래 걸렸다. 대필을 시작한 초창기엔 누군가가 해 준 이야기를 잘 정리만 하면 된다고 생각했다. 한 권, 두 권, 경험치가 쌓이면서 이 일이 단순히 누군가의 말을 문장으로 바꾸는 것이 아니라 '글'을 쓰는 일이라는 걸 깨달았다. 그저 사실에 대한 문장을 나열하는 것이 아니라 희로애락이 담겨 독자를 울고 웃게 하는 '글'을 쓰는 게 내 일이었다. 그걸 깨달았을 때 번쩍하고 정신이 들었다. 이 일을 잘하고 싶어졌고, 더 잘할 수 있을 것 같았다. 잘하기 위해 일이 없는 시간에 불안 대신 경험을 선택하기로 했다.

일과 일이 중첩되어 이어지다가 끊기는 시기가 한 번씩 찾아오면 기다렸다는 듯 우울과 불안이 밀려왔다. 일이 없어 시간이 넉넉하다고 해서 내 글이 잘 써지진 않았다. 아이러니하게 내 글은 남의 글을 쓸 때 더 잘 써졌다. 뇌는 일이 있어야 활력이 넘쳤고, 일을 하고 남은 활력의 부스러기만으로도 글을 쓰기에 충분했다. 일이 없는 상태가 되면 그저 무, 아무 에너지도 흐르지 않는 무의 상태가 되어 작동을 멈췄다. 갑자기 쓸모없는 인간이 된 것 같은 기분에 젖었다. 그렇게 얼마간의 시간을 보내면 갑자기 일 폭탄이 떨어졌다. 일은 항상 그런 식으로 엄청 많거나 아예 없었다.

고민해 봤자 달라지지 않았다. 엄청 많거나 아예 없거나. 이건 내 마음대로 되는 게 아니었다. 중요한 건 다시 일이 들어온다는 사실을 인지하는 것이었다. 일이 없을 때마다 누군가가 선택해야만 일을 할 수 있다는 사실에 환멸을 느끼기도 했다. 그러나 생각해 보면 모든 일은 누군가의 선택을 받아야 한다. 김밥집도 치킨집도 누군가 선택해야 김밥을 말고 치킨을 튀길 수 있다. 대기업이라고 다르겠나. 규모의 문제일 뿐 일을 하는 사람들은 누구나 선택을 받아 움직인다. 오래 길게 선택을 받으려면 손님이 찾아오고 싶어지도록 더 맛있는 김밥을 말고 더 바삭한 치킨을 튀겨야 한다. 글을 더 잘 쓰면 일이 멈추는 상황을 마주하지 않을 것이다.

그래서 나는 일이 없을 때 괜한 패배감에 젖어 우울할 게 아니라 움직여 경험하기로 했다. 그것이 무엇이든 좋았다. 이것저것 다 귀찮고 술이나 마셨으면 좋겠다 싶을 땐 술을 마셨다. 매일 같은 술을 마시지 않고 와인이나 위스키로 주종을 바꾼다면 그 자체로 경험이라고 스스로 그럴듯한 이유를 달아 주면서. 위스키 바를 자주 찾아 인생을 고민했던 누군가의 의뢰가 들어오면 그때 써먹을 수 있는 아주 좋은 경험이라고 뻔뻔하게 생각해 버렸다. 신상 디저트 카페를 찾아다닌다거나, 커피 순례를 해 보는 것. 여행을 떠나고 전시를 보고 음악을 듣고, 집에서 시리즈 영화나 드라마를 정주행하고, 가만히 앉아 바람을 쐬며 계절을 제대로 느껴 보는 것. 여러 장르의 책을 가리지 않고 많이 읽는 것. 이런 것들이 다 나중을 위한 적금이라고 생각하니 벌지 않고 쓰기만 하는 상황이 계속되어도 불안해지지 않았다. 통장 잔고가 줄어든 만큼 경험의 잔고는 계속해서 늘어날 것이고, 경험의 잔고는 결국 다시 통장 잔고를 채워 줄 것이다.

한가하게 책을 읽고, 술을 마시고 종일 핫플레이스를 쏘다니는 것도 다 일이다. 일. 일이라고 생각하면서 남들 일할 때 나는 뭐하나 하는 자괴감, 영영 일이 들어오지 않으면 어쩌나 하는 불안감, 사람이 이렇게 놀기만 해도 되나 싶은 죄책감에서 해방돼 그 시간을 마음껏 누린다. 왜인지 자신감도 생기고 자존감도 높아진다. 무엇이든 내 일의 재료라고 생각하면 엄청나게 근사한 일로 먹고사는 멋진 사람이 된 것도 같고.

대필로 어마어마하게 돈을 벌 순 없다. 주말도 없이 뇌세포와 손가락 관절을 갈아 넣어 일만 해서 한 달 동안 벌 수 있는 금액은 뻔하다. 원고료라는 게 그렇다. 이 세계에서는 돈이 돈을 벌고, 나 대신 다른 사람이 돈을 벌어 주는 마법은 일어나지 않는다.

대필작가라고 당당하게 소개하기 전까지 나 자신을 '글노동자'라고 표현했다. 모르는 사람들은 글을 쓴다면 우아하게 글을 짓는 줄 알지만, 나는 쉼 없이 손과 머리를 움직이는 노동으로 먹고산다.

어느 해는 매달 이렇게 살기도 했다. 일이 중첩되어 끊이지 않았다. 욕심을 부려 오는 일을 다 받고, 대필뿐 아니라 인터뷰며 온갖 글 쓰는 일은 다 했다. 다 하면서 통장은 두둑해졌지만 다시는 그래서는 안 된다는 걸 절실히 깨달았다. 허리디스크와 목디스크, 내장지방과 뱃살과 어깨결림에 대한 이야기만이 아니다. 충전 없이 노동만 계속되는 삶은 모든 걸 고갈시켜 버린다. 반짝거리던 감각과 다채롭던 생각이 빛에 노출돼 컬러가 날아가 버린 빛바랜 포스터처럼 희미하게 사라진다. 그렇게 강행군하면 언젠가 일의 퀄리티가 떨어지게 되어 있다. 비슷한 단어를 반복해서 쓰고, 재미도 감동도 없는 간이 안 된 밋밋한 원고만 남는다. 내 또래의 동시대를 살았던 의뢰인의 원고를 기계적으로 쓰는 나를 보면서 정신이 번쩍 들었다.

AI와 내가 다른 점은 사랑을 담아 누군가의 이야기를 쓴다는 것. 마치 내가 경험한 일처럼 공감하는 마음으로 그의 삶을 애정하면서 이야기를 지어낸다는 것.

노동한 만큼의 대가가 크지 않은 세계인데 우선순위를 돈으로 두는 건 조금 슬픈 일이다. 한때는 나도 돈이 최우선이었지만 지금은 우선순위도 목표도 달라졌다. 나의 목표는 대필의 세계에 좀 더 오래 살아남는 것이다. 마음을 다해 들어주고 상상하고 표현하고 그렇게 사랑하면서 대필가라는 직업인으로 살아남는 것.

생활의 방식

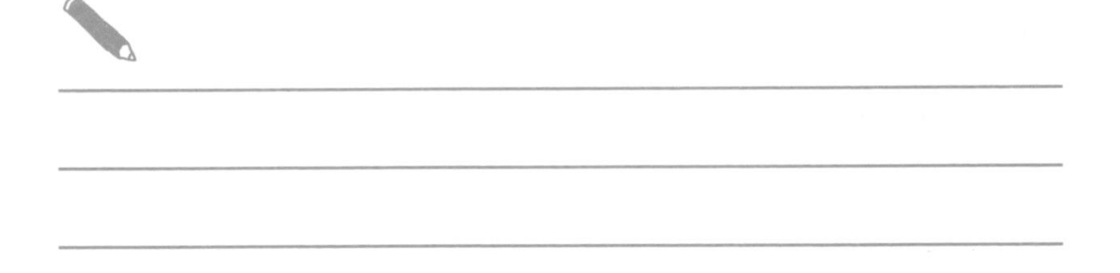

직장생활을 할 때의 일이다. 출퇴근길에 이용하는 지하철 환승역에 백화점이 들어섰다. 문을 연 첫날부터 매일 그곳에 갔다. 정말 매일 갔다. 오늘은 어떤 신제품이 나왔나, 오늘은 어떤 물건을 할인하나, 득템할 게 어디 없을까. 필요한 물건을 사기 위해 간 게 아니라 내 마음이 꼭 가야만 한다고 부추겨서 갔다. 용무 없이 괜히 가서 스타킹이나 양말 한 켤레라도 손에 쥐고 나왔다. 오늘은 1층, 내일은 2층, 모레는 3층, 지하철과 연결된 지하층 식품 코너 인기 베이커리에서 빵 한 봉지까지 사서 집에 오는 것이 퇴근길의 루틴이었다.

그렇게 쇼핑을 쉬지 않는데 신기하게 출근하려면 입을 옷이 없었다. 누구도 아무도 나에게 매일 다른 옷을 입으라고 하지 않았는데 이건 어제 입어서 저건 그제 입어서 다시 입을 수 없었다. 꽉 차 있으나 내 눈엔 텅 비어 보이는 옷장 앞에서 안절부절못하다가 일하기에는 조금 불편하지만 어제도 그제도 입지 않은 꼭 끼는 셔츠나, 지나치게 짧은 치마 같은 걸 입고 힐을 신었다. 그 차림으로 출퇴근길 붐비는 7호선을 탔다. 7cm 힐을 신고 지하철 계단을 두 칸씩 뛰고 신사동 언덕을 오르내렸다. 내가 무슨 옷을 입는지 누구도 아무도 나에게 관심이 없다는 걸 미처 생각하지 못했던 때였고 고정 수입이 있던 시절이었다.

쇼핑은 주로 카드로 했다. 당연한 일 아닌가. 오늘 긁은 카드값은 다음 달 나의 월급이 해결해 줄 것이었다. 고정 수입은 이렇게 든든했다. 고정 수입은 부모처럼 나를 지켜 줬다. 아름답고 은혜로웠다.

프리랜서로 사는 것은 고정 수입 없이 삶을 꾸려 가야 하는 일이다. 더 이상 부모의 지원과 보호를 받을 수 없는 일. 정글 같은 세상에 던져지는 일. 프리랜서 초창기에 나를 가장 힘들게 했던 건 고정 수입으로 살았던 때의 습관이었다. 별생각 없이 여느 때처럼 지출을 했는데 때가 됐다고 통장에 돈이 들어오지 않았다. 괴로웠다. 불안한 마음에 닥치는 대로 일을 받았다가 원고료를 받지 못하기도 했다. 새로 창간한다는 잡지의 특집 기획 꼭지를 맡아 서울 시내 거리를 다니며 일반인 인터뷰를 따서 원고를 완성했는데 창간일이 미뤄졌다. 한 달, 두 달, 석 달. 일을 맡겼던 편집장은 자기도 피해자라며 인상을 썼다. 당장 나가야 할 카드값은 마이너스 통장으로 해결해야 했다.

대략 십여 년 크고 작은 시행착오가 있었다. 아니, 바로 정신 차리지 않고 십 년이나? 놀라지 마시라. 인간은 자각한다고 바로 행동을 바꾸지 않는다. 그게 된다면 입시를 선택한 모든 고3이 대입에 성공하겠지.

오랜 방황 끝에 알게 된 프리랜서의 돈 관리 제1 원칙은 고정 수입이 없는 삶에는 고정 지출도 없어야 한다는 것이다. 각종 공과

금, 통신료, 교통비, 연금과 보험 같은 꼭 필요한 지출이 있다. 프리랜서는 이런 반드시 나가야 할 돈을 제외하고 최대한 고정 지출을 만들지 않아야 한다. 수입이 없는 달도 쫓기지 않고 편안하게 지내려면 이 방법이 최선이다.

고정 지출을 줄이기 위해 나는 될 수 있으면 필수품을 만들지 않으려 노력한다. 예를 들어 이런 것이다. 여기저기서 한 달에 영양제 비용으로 만만치 않은 돈이 나간다는 이야기를 많이 들었다. 꾸준히 먹어야 '효과'를 본다고 하니 한 번 먹고 끝낼 수도 없는 게 영양제다. 사람마다 다르겠지만 나는 영양제의 필요성을 잘 모르겠다. 가끔 선물이 들어와 먹곤 하는데 크게 개선된다거나 달라지는 걸 경험하지 못했다. 골고루 잘 먹고, 매일 걷는 것만으로도 충분해서 굳이 매달 영양제에 돈을 쓰지 않는다. 영양제는 나에게 필수품이 아니다.

전엔 꼭 필요한 물건이라고 생각해 떨어지면 큰일이 날 것 같아 화장품이나 미용 제품을 미리 사서 쌓아 뒀다. 이제는 마지막까지 쥐어짜 끝까지 다 쓰고 필요할 때 바로 사서 쓰는데 화장품이 떨어져서 밖에 나가지 못한다거나 하는 큰일은 한 번도 벌어지지 않았다. 유튜브 프리미엄 같은 매달 돈을 내야 하는 구독 서비스도 가입하지 않는다. 자연스럽게 나이 먹는 내 모습이 궁금해서 시술이나 관리를 받지 않고 뿌리염색 정도는 집에서 셀프로 한다.

고정 수입이 없으니 고정 지출을 줄이자는 것일 뿐 미니멀리스트로 산다거나 지출을 아예 하지 않는 건 아니다. 일을 하고 돈을 버는 건 생활의 풍요를 위해서이기도 하다. 평상시에 반드시 지출해야 하는 항목을 줄여 두었다가 고료가 들어오면 저축하고 남은 돈으로 하고 싶은 것을 한다. 내게 즉각적으로 행복을 주는 향수나 캔들, 향 좋은 술을 사고 행복의 여운을 길게 남겨 주는 여행에 돈을 쓴다.

극단적으로 생활의 규모를 줄이는 게 아니라 매달 다양한 모양으로 사는 것이다. 월급생활자는 반듯하게 만들어 놓은 삶의 모양을 유지하는 게 가능하다. 그에 비해 프리랜서는 이번 달엔 네모 반듯하지만, 다음 달엔 세모가 되기도 하고, 어느 달엔 조금 찌그러진 동그라미로 살아야 한다. 이 모양 저 모양에 삶을 구겨 넣으며 반듯한 네모가 부러울 때도 있었다. 하지만 생활 방식을 바꾸고 나서 삶이 유연해졌다. 구겨지고 찌그러진 어떤 모양이라도 부드럽게 채울 수 있게 됐다.

입금이 미뤄지고 다음 일이 정해지지 않았던 시기가 있었다. 여기저기 움푹 패이고 뾰족한 모양의 시간이 이어졌다. 그때 나는 마음을 내려놓고 좋은 날이 오기를 기다리며 세상에 좋은 것을 모았다. 아름다운 노래를 찾고, 오래전 읽었던 책을 다시 읽고, 생각이 비슷한 사람들과 이야기를 나눴다. 아침이면 천천히 향긋한 커피를 마시고, 강아지들과 산책도 좀 더 길게 했다. 그렇게 시간을 보내다 보니 일이 해결되면서 파이고 뾰족해졌던 생활이 다시 반듯하게 펴졌다. 지금 생각하면 그 시간은 그냥 찌그러진 게 아니라 별 모양으로 빛나던 시간이었다.

프리랜서의 생활은 삶이라는 광산에서 반짝이는 보석을 발견하는 일과 같다. 고정 지출을 줄이기 위해 삶의 불필요한 것을 하나씩 없애다 보면 진짜 내가 좋아하는 것만 남는다. 안정적 수입이 가져다주는 풍요와는 다른 차원의 풍요가 찾아온다. 대필을 시작하면 반듯하지 못한 수입에 당황할 수 있다. 계약금을 받고 한참이 지나야 잔금을 받는다. 그 사이를 잘 견디는 지혜가 필요하다. 일을 시작하기 전 나에게 줄일 수 있는 고정 지출은 무엇이 있나 한번 살펴보는 시간을 가져 보기를. 필수품이 줄어들면 풍요가 찾아올 것이다.

재영's TIP 1

대필작가가 되려면

대필은 타인과 밀접하게 교감하며 일해야 한다. 사실 이 부분 때문에 대필 일을 하지 못하는 글 고수들이 있을 줄로 안다. 글 쓰는 사람이 글 기술을 이용해 돈을 벌 수 있는 몇 안 되는 일 중 하나지만 대부분 선뜻 트랙 안으로 들어오지 못한다. 돈의 달콤함에 빠져 트랙에서 벗어나지 못하고 영영 자기 글을 쓸 수 없게 되는 것은 아닌가 하는 염려도 있겠지만, 무엇보다 생면부지의 사람을 만나 그의 삶을 살피고 그것을 또 기록으로 남겨야 한다는 부담감이 크기 때문일 것이다. 그 허들을 넘기가 쉽지 않다고 들었다.

글을 쓴다는 건 내 안으로 들어가는 일인데 남의 속을 파고들어 글을 쓰다니. 이 이율배반적인 행위가 어쩐지 내키지 않을 수도 있다. 애초에 남의 인생을 대신 써 준다는 게 말이 되는 일인가? 그 사람의 신념이 나와 맞지 않는다면? 그 사람이 내 글을 지적하면? 시시콜콜 하나부터 열까지 나와 맞지 않는다면 어쩌지?

아예 대필을 선택지에 두지 않은 사람들에게는 더 말할 필요 없겠지만 만약 지금 이 책을 보면서 글 쓰는 기술로 돈을 벌어 보면 어떨지 고민한다면 그럼에도 한번 해 보라고 권하겠다.

대필작가가 되는 루트를 알기 전에 내가 과연 긴 글을 쓸 수 있는지, 200자 원고지 500매 이상의 글을 끌고 갈 수 있는지 생각해 봐야 한다. 감각적인 짧은 글을 잘 쓰는 것과 긴 호흡으로 글을 이끄는 건 아주 다른 이야기다. 만약 긴 글을 쓸 준비가 되었다면 바로 출판사의 문을 두드려도 좋다.

대필의 세계로 들어가는 방법은 여러 가지가 있는데, 첫 번째는 나의 경우처럼 내 글을 쓰다가 자연스럽게 입문하는 것이다. 보편적이지 않은 방법이지만, 만약 자신의 책을 출간한 사람이라면 출판사에, 내 글을 쓰지만 남의 이야기를 글로 쓸 생각도 있다고 이야기를 해 놓자. 출판사의 색깔이나 특징에 따라 어느 곳은 아예 필요하지 않기도 하고, 또 어떤 곳은 많이 필요로 한다. 아예 관심이 없을 수도 있겠지만, 관련 출판물을 내는 곳이라면 환영할 것이다. 제 몫을 해내는 작가를 구하는 일이 쉽지 않기 때문이다. 예를 들어 경제경영서나 자기계발서를 주로 내는 출판사는 대필 일감이 많은 곳이다. 이런 곳의 문을 두드려 보는 것도 좋다.

다음으로 출판 관련 구직 사이트 등에 올라오기도 하니 해당

사이트에서 관련 메뉴를 살펴보는 것도 좋다. 이때 단가가 너무 저렴하거나 혹은 너무 높은 일감은 주의 깊게 봐야 한다. 예를 들어 책 한 권을 만드는데 200자 원고지 1매 당 5000원도 안되는 금액이 책정되어 있다던가, 혹은 그 반대로 매당 단가가 5만원 이상이라면 좀 이상할 수 있다. 대필작가의 고료는 200자 원고지 1매당 2, 3만원 사이로 형성되어 있다. 경력과 작업기간 등에 따라 다르고 프로젝트마다 고료 책정도 차이가 있지만 보편적인 경우 그렇다.

급한 마음에 단가가 낮은 일을 덥석 계약했다가 생각보다 많은 일을 하거나 혹은 돈을 받지 못할 수도 있다. 일단 제대로 고료를 책정하지 않는 출판사는 조심스럽게 접근해야 한다.

단가가 높은 일의 경우는 일의 강도가 상상 이상일 수 있다. 이름만 있을 뿐 알맹이가 하나도 없는 저자를 만나면 처음부터 끝까지 정말 순수 창작을 하게 될 수도 있다. 우리 일은 대필, 대신 써 주는 일이지 상대의 인생을 대신 만들어 주는 게 아니다. 대부분의 저자가 자신이 하고 싶은 얘기를 충분히 가지고 있다. 그 이야기를 듣고 책에 실을 수 있는 문장으로 잘 정리해 주는 게 대필인데, 만나도 들을 이야기가 없다면 이건 고난의 시작이다. 프리랜서가 일을 하나만 하는 경우는 거의 없다. 두세 가지가 맞물려 돌아가는데, 이럴 경우 다른 일에도 지장을 줄 수 있으니 충분히 고민해야 한다.

자신만의 역사도 철학도 없이 유명세만 있는 저자들은 아무리 만나도 성과가 없다. 계속해서 이야기를 끄집어내려고 해도 다시 제자리이다. 출판사도 그걸 알기 때문에 높은 금액을 제시한 것일 수 있으니 생각보다 높은 금액을 제시한다면 처음부터 피하는 것도 방법이다. 돈만 많이 준다면 누군가의 인생의 철학과 역사를 만들어 주는 거 일도 아니지, 라고 생각한다면 계약해도 좋겠다.

이런 방식 외에 내가 일감을 얻게 된 다른 루트는 연락이 오도록 하는 것이었다. 인터뷰를 하거나, 출판관계자들과 만날 일이 있으면 명함을 건네며 대필작가라는 걸 알렸다. 그렇게 건넨 명함을 보고 연결되는 일이 적지 않았다. 일단 중요한 건 주어진 글에 최선을 다해야 한다. 짧은 인터뷰지만 자신의 이야기를 공들여 써 준 사람에 대한 호감은 오래도록 지속된다. 내 이야기의 전부를 털어놔도 믿을 수 있는 사람이라는 생각이 들면 책을 내려 할 때 자연스럽게 떠오를 것이다.

명함을 건넨다고 당장 일이 성사되진 않는다. 타임캡슐을 묻고 잊어버리듯 기억에서 지우고 살면 어느 순간 연락이 온다. 그사이에 준비한다. 일을 기다리면서 긴 글을 쓰는 연습을 하고, 긴 글을 자주 읽어야 한다. 자신의 이야기를 길게 써 보는 것은 좋은 훈련이 된다. 출판사와 계약하지 않았더라도, 자신만의 주제를 잡아서 스스로 마감을 정해 놓고 그 기간까지 500매 이상의 원고를 만들어 보길 추천한다. 생각보다 완성도가 높다면 출판사에 투고해 책으로 낼 수도 있고, 출간이 되지 못하더라도 긴 글 쓰는 연습을 했으니 손해 볼 건 없다.

대필작가가 되고 또 일감을 받는 루트는 다양하다. 무슨 공부를 하고 어떤 자격증을 따서 어느 시험에 통과하면 입문할 수 있는 업이라고 말해 주면 좋겠지만 안타깝게도 대필의 세계는 보편적 티켓으로 입장할 수 없다. 그렇다고 이 세계로 들어오는 게 불가능하다는 건 아니다. 쓰고 싶은 욕망이 있어야 하고, 무엇보다 쓸 줄 아는 것이 자격이다. 그럼 어떤 식으로 공부해야 하냐고 묻는다면 무조건 읽는 걸 추천한다. 우선 장르를 가리지 않고 읽으면서 해당 글은 어떻게 썼는지 구성과 작법을 익힌 후, 실제 대필 서적을 교본 삼아 집중적으로 읽고 모사하고 새롭게 다시 쓰는 훈련을 해 보자. 그렇게 읽고 쓰는 공부를 하며 준비를 마치면 출판편집인들이 자주 이용하는 구직 사이트에 접속해 대필작가를 구하는 일거리가 없는지 찾아보는 것이 가장 무난한 방법이다. 구인 글을 보고 지원을 하면 출판사별로 확인을 위한 절차가 있을 것이다. 가령 기존에 썼던 글 관련 작업물 등 포트폴리오를 제출해야 하거나, 지원자가 많다면 면접을 볼 수도 있다.

두 번째는 차곡차곡 대필로 가는 빌드업을 해 놓는 것. 예를 들면, 내가 그랬듯이 일간지, 월간지, 정기간행물 등의 삯글을 쓰면서 인맥을 넓혀 놓는 것. 대필 일감은 알음알음으로 들어오는 경우가 제일 흔하다. 무엇보다 중요한 건 할 수 있는 능력! 그 능력을 펼치고 싶다는 의지! 이 두 가지만 갖추고 있다면 기회가 올 것이다. 출판시장이 불황이라지만 출판사들은 계속해서 '책'이라는 제품을 생산해야 하고 그 '책' 중 대필작가의 손이 필요한 것들이 반드시 있다.

재영's
TIP 2

대필의 프로세스와 종류

일을 시작할 때 가장 먼저 해야 하는 건 의뢰인에 대한 배경 지식을 쌓는 것이다. 이 사람이 어떤 사람인지 지금까지 어떤 인생을 살았는지 어떤 세계관을 가지고 사는지에 대해 구글에 나온 정도라도 알아 두면 좋다. 그래야 이 사람의 이야기를 어떻게 구성하겠다는 대충의 틀이 잡힌다. 과거의 행적에 초점을 맞출지 미래의 계획에 맞출지, 한 가지 주제로 끌고 나갈지 인생을 관통하는 이야기로 흘릴지, 문장 스타일이나 뉘앙스를 어떻게 할지 구상할 수 있다.

의뢰인을 만나기 전 배경 지식을 쌓고 난 뒤 가볍게 마음을 세팅한다. 의뢰인을 직접 만날 때까지 나는 어떤 기대도 하지 않고 어떤 기준도 잡아 놓지 않는다. 틀을 만들어 그 안에 물을 가두지 않고 그 사람이라는 물이 내 안에서 흐르게 둔다.

계약하고 첫 번째 미팅은 대부분 가볍게 흘러간다. 미리 숙지한 배경 지식을 확인하고, 쓰고 싶은 주제에 대해 수다 떨듯 편하게 이야기를 나눈다. 그림으로 치면 스케치 과정이다. 스케치하면서 구도를 어떻게 잡을지, 어떤 색으로 칠할지 결정한다.

첫 미팅에서 빠지지 않는 건 일정 조율이다. 총 몇 번 만날 것인지, 어느 정도 간격을 두고 만날 것인지 정한다. 사람마다 다르겠지만 나의 경우 보편적으로 원고지 500매 기준으로 5번 정도 인터뷰를 한다. 한 번 만나서 이야기를 나누는 시간은 3시간 정도, 길어야 4시간이다. 경험상 2시간이 지나면 집중력이 떨어진다. 나도 그렇고 의뢰인도 마찬가지다.

아무리 질문을 하면서 주고받는다 해도 자신의 이야기를 하는 작업이기 때문에 계속 이야기를 한다는 건 정신적으로도 체력적으로도 힘들다. 듣는 사람도 그냥 듣고 흘리는 게 아니라 제대로 머릿속에 담아야 해서 집중력이 중요하다. 서로 깊은 이야기를 심도 있게 제대로 할 수 있는 최대 시간은 3시간 정도. 중간중간 쉬는 시간이 있을 경우 4시간까지 이어지지만 인터뷰의 퀄리티를 위해 집중하면 한 번에 쭉 가는 것이 좋다. 한번 생각이 흐트러지면 잡다한 이야기들을 하느라 시간을 버리게 된다.

준비를 마치고 다음 일정을 잡은 뒤 다음 미팅에 어떤 이야기를 나눌 것인지를 정리한다. 대강의 뼈대를 만들고 필요한 이야기들을 질문으로 나열해 말하기 쉬운 것부터 시작한다. 친해지기도 전에 처음부터 본론으로 들어가면 충분한 얘기가 나오지 않는다. 천천히 차츰차츰 깊이 있게 들어가는 것이 요령이다. 조금 가벼운 질문을 추려 의뢰인에게 전달한다.

"다음번엔 어린 시절의 이야기를 듣고 싶습니다. 잘 기억나지 않겠지만 주변 지인이나 추억의 물건 등을 통해 떠올려 주세요."

메시지를 전달하고 다음 만남에서 이야기를 듣다 보면 그다음에 나눌 이야기가 좀 더 선명해진다. 경우에 따라 4, 5번의 인터뷰를 마치고 원고 작성 후 한 번 더 인터뷰하기도 한다. 세부 묘사 장면에 대한 좀 더 구체적인 이야기, 사실관계 확인이 필요한 이야기를 듣고 문장 사이사이 빈 곳을 채우는 작업을 한다.

말을 잘하고 기억력도 좋고 표현이 풍부한 의뢰인들은 그리 많지 않다. 인터뷰 중간중간 그래서 그때 기분이 어땠는지, 그 사건이 일어났을 때 풍경은 어땠는지, 중요한 인물의 외형은 어떤 모습인지를 물으며 확인해야 좀 더 풍성한 글을 완성할 수 있다.

지금까지 말한 프로세스는 인물의 조력자가 되어 에세이나 회고록 등을 쓸 때의 순서다. 대필에는 여러 종류가 있는데 강연을 글로 옮기는 작업이나 자기계발서류의 이론이나 특정 노하우를 정리해 주는 전문 분야 작업도 있다.

자기계발서나 경영서 같은 경우는 의뢰인의 자료가 가장 중요하다. 작업의 순서는 비슷한데 글감 자체가 완전히 다르다. 간혹 빈약한 자료로 책을 만들겠다는 의뢰가 들어오면 거절하는 편이다. 나는 글을 정리해서 책으로 만들어 주는 전문가인데, 허술한 자료를 글로 메워 주길 바라는 의뢰인들이 있다. 할 수 있는 정도의 수준이라면 도전해 봐도 좋다. 그러나 개인적으로는 가급적 하지 않는 쪽을 택한다. 원고를 만드는 과정 내내 전문가 수준의 지식을 따로 공부하고 찾느라 시간과 공을 많이 들이는데 대부분 그만큼의 성과가 나지 않아서다. 어려운 일이 나를 한 단계 성장시킬 수도 있지만 한편으로 생각과 전혀 다른 결과가 나올 수도 있다. 일을 시작하기 전에 내가 이 일을 할 수 있을 것인지, 할 수 있다면 얼마나 많은 공력과 시간을 들여야 하는 일인지 여러 상황과 조건을 충분히 검토해야 한다. 그 일을 할 당시의 상황, 가령 혹시 다른 일은 없는지, 체력은 받쳐 주는지 등 다양한 것을 고려해 결정하지 않으면 일상이 꼬이고 엉켜 안 하느니만 못한 결과를 낳는다.

자료가 충분하지 않은 작업에는 두 가지 종류가 있다. 의뢰인에게 진짜 꺼내 놓을 만한 이야기가 없거나, 자신이 가진 것을 미처 발견하지 못했거나. 이렇게 어려운 일은 처음부터 계약하지 않기를 권하지만 모든 일은 계약을 한 뒤에야 알게 된다. 계약했고 어쩔 수 없이 일을 해야 한다면, 그렇게 되어 버렸다면 그가 남긴 모든 말의 부스러기를 그러모으자. 온갖 SNS, 기사, 편지 같은 글 형식은 물론이고, 부모, 형제, 친구, 동료, 주변인의 평가, 추억 어떤 것이든 그가 남긴 모든 흔적을 조사한다. 그 안에서 그 사람이 자주 사용하는 언어와 신념과 가치관을 발견할 수 있을 것이다. 잔뜩 모은 자료들을 죽 펼쳐 놓고 그때부터 어떤 식으로 만들 것인지 구상을 하고 뼈대를 세운 후 살을 붙여 나간다. 대필작가가 원고를 쓰기 위해서는 글의 짜임을 세우는 게 일의 50%이다. 이 둘만 가능하다면 어떤 사람의 이야기라도 넉넉하게 지어낼 수 있다.

강연 대필은 프로세스가 완전히 다른데 매 강연에 참석해 현장 분위기를 알아야 한다. 녹음이나 영상으로 볼 수도 있지만, 될 수 있으면 현장에 참석하는 게 좋다. 청자들이 어떤 반응을 하는지, 강연자가 어느 부분을 강조하는지 그리고 강연이 끝난 후의 분위기나 반응은 어떤지 등을 살펴야 그 맛을 살려서 글을 정리할 수 있다.

강연 대필이라고 하면 강연한 녹취를 그대로 옮겨 놓는 것 정도로 오해하기도 하는데, 말을 글이 되게 하는 건 제법 복잡하고 정교한 일이다. 앞뒤의 구성을 짜고 그 말을 적재적소에 넣어 하나의 글로 흐르게 해야 한다. 말은 중구난방 이쪽저쪽으로 튀어도 다시 금방 제자리로 돌아오는데 글은 기승전결이 무너지면 개연성도 함께 사라진다.

이렇게 장르에 따라 일하는 프로세스가 조금씩 다르다. 언뜻 복잡하다는 생각이 들기도 하겠지만 이것만 기억하면 된다. 대필의 시작은 호감이고 과정은 교감이라는 사실. 일단 호감과 교감만 이끌어내면 반은 해낸 것이나 마찬가지다. 나머지 반은 폭풍 원고 작업뿐.

연예인이나 예술가와 일을 할 때는 섬세하게 다가가야 한다. 항상 대중의 평가에 시달렸던 사람들이기 때문에 내가 당신의 조력자라는 걸 느끼게 해 줘야 한다. 미리 필요한 소스들을 찾아서 참고할 수 있도록 자료를 준비해 주면서, 완성도 있는 결과물이 나올 거라는 걸 수시로 확인시키고 상기시킨다. 응원도 필요하다.

연예인이나 예술가와 일할 때 맞장구를 잘 쳐야 한다면 기업인이나 정치인과 일할 때는 말을 섞기보다 잘 들어야 한다. 9:1 정도로 듣는 비중이 압도적이어야 한다. 기업인이나 정치인은 하고 싶은 말이 많다. 자신들이 해 왔던 것들을 이야기하는 데만도 오랜 시간이 걸린다. 인내심을 가지고 잘 들으면서 중간중간 한 번씩 개연성이 떨어지는 것이나, 부연 설명이 필요한 것을 확인한다.

단둘이 만나서 작업을 해야 하니 인간적인 친밀감도 필요하고, 또 일에 대한 신뢰도 있어야 한다. 대단한 스킬이 필요하지는 않다. 사소하다고 생각되는 것, 약속 시간을 잘 지키고 피드백을 제때

하고 만났을 때 편안한 분위기를 만드는 그런 것이면 충분하다. 첫 작업부터 매끄러울 수는 없다. 사람과 사람, 그것도 일로 만난 관계는 언제나 쉽지 않은 법이니까. 경험이 쌓이면 자연스럽게 좋아진다. 상대를 대하는 것에 조금 서툴러도 일을 잘 해내면 다 괜찮아지니 너무 걱정하지 않아도 된다.

고료 책정에 대해 궁금할 텐데 출판사마다 의뢰인마다 일의 강도에 따라 천차만별이다. 나의 경우만으로 이야기한다면 원고지 500매 기준의 금액을 정하고 거기서 조정한다. 매수가 늘어나면 기준 금액에 맞춰 조정하지만 그렇다고 '100매 추가되면 고료도 20% 증액' 이런 식은 아니다. 그 기준을 세우되 융통성 있게 출판사와 상의한다. 또 당장 빠르게 작업해야 하는 경우, 의뢰인을 자주 만나야 하는 전문적인 작업인 경우, 의뢰인과 물리적 거리가 멀 경우 등은 기준 금액의 30% 정도를 추가한다.

원고지 500매 기준은 경력에 따라 달라진다. 솔직히 고백하면 원고료는 20년 전과 크게 다르지 않다. 모든 물가가 천정부지로 치솟는다며 뉴스에서 아무리 호들갑을 떨어도 원고료는 안 오른다. 참 신기한 일이다. 경력이 많다고 해서 고료도 많이 받지는 않는다. 다만 아주 초보일 경우 형성되어 있는 시세에 못 미칠 수 있다. 출판사 입장에서도 검증되지 않은 작가에게 일을 맡겨야 한다는 위험부

담을 안고 가야 하기 때문이다.

가끔 이런 일이 있다. 출판사에서 급하게 원고를 써야 할 것 같은데 해 줄 수 있냐는 연락이 온다. 일정이 정해져 있는 책인데 초보 작가가 마감을 해 주지 않는다거나, 받아 본 원고를 도저히 책으로 쓸 수 없어서다.

말했듯 대필은 기술이 필요한 일이다. 아름다운 문장을 만들어 낸다고 해서 되는 것이 아니다. 책의 성격에 맞게 구조를 짜고 주제에 맞도록 이야기를 만들어 내야 한다. 커다란 배를 조립할 수 있는 레고 블럭을 생각해보자. 설명서에 나온대로 끼워서 박스에 있는 사진과 똑같은 모양을 만들 수 있고, 설명서를 따라가지 않고 쫙 펼쳐진 블럭들을 나만의 순서로 조립해 사진 속 배와 비슷하게 만들기도 한다.

대필은 이중 후자의 방법을 사용하는 일이다. 남이 가지고 있는 재료를 가지고 나만의 방식으로 그가 원하는 걸 만들어내야 한다. 나의 언어로 누군가의 삶을 재현하는 것이다. 글을 잘 쓴다고 해도 그게 너무 어려운 사람들도 있다. 결국 대필을 하지 못하는 사람은 실력이 없어서가 아니라 대필에 맞는 글쓰기가 어려워서일 가능성이 있다.

대필은 흩어진 이야기를 문장으로 다듬어 어엿한 글로 완성하겠다는 다짐이다. 그 시작과 끝에 관계, 돈, 시간이 담겨 있다. 그러니 대필을 업으로 삼으려 한다면 글을 완성하는 것이 가장 위에 있다는 걸 기억하면 될 일이다.

맺는 말

오늘의 수고를 다하겠다는 마음

오래 걸렸지만 돌아 돌아 드디어 진짜 내 앞에 섰다. 사는 것은 하루를 충실하게 보내는 일이 전부라고 책 속의 현자들이 알려 줬다. 인간의 사명은 대단한 업적을 이루는 것이 아니라 매일을 살아 내 삶을 완수하는 것이다. 어차피 삶은 불행하니 그 안의 기쁨을 소홀히 하지 않아야 한다는 에피쿠로스의 말을 자주 생각한다. 기쁨은 절대로 준비되지 않으므로 반드시 찾아내야 한다는 말도.

몇몇 집이 단지를 이뤄 살고 있어 돈을 모아 청소하시는 분께 주변 관리를 맡기곤 한다. 이 글을 마무리하던 주말에 처음 보는 분이 도로 낙엽을 치우고 있었다. 앳된 티가 남아 있는 젊은 외국인 청년이었다. 전에 오던 분들과 달리 하루 종일 쉬지 않고 낙엽을 쓸고 또 쓸었다. 요령 부리지 않고 정직하게 시간을 꽉 채워 일을 한 현장에는 허투루 떨어진 나뭇잎 한 장 남아 있지 않았다.

그 풍경을 보며 그가 다시 올 때까지 바람 한 점 불지 않았으면 했다. 그러나 야속하게 다음 날 비바람이 몰아쳤다. 여름 태풍이 다시 왔나 싶은 강풍이었다. 바람이 불지 않았으면 했던 바람과 다르게 집 주변은 다시 새로운 낙엽들로 수북해졌다. 이걸 어쩌나 내가 괜히 애가 탔다. 안타까운 건 내 생각이고, 그 청년은 아마 다시 와서 똑같이 최선을 다해 묵묵히 일할 것이다. 바람이 불고 낙엽이 다시 쌓인다는 걸 몰라서 열심히 일한 게 아니었을 테니까. 다시 쌓이겠지만 오늘의 수고를 다하겠다는 마음. 그 마음이 티끌 하나 없는 풍경을 만들었다고 믿는다.

나도 그렇게, 오늘의 수고를 다하며, 맡은 일에 최선을 다하려 한다. 남의 책만 써 주다 내 이름이 지워지는 건 아닌가 하는 걱정은 더 이상 하지 않을 것이다. 내일 불어올 바람이 걱정돼 아무것도 안 하는 것보다 그럼에도 말끔히 할 일을 다 하는 것이 훨씬 멋진 일이라는 걸 알게 됐다.

대필작가라고 자신 있게 말하기까지 오랜 시간이 걸렸다. 그 시간 나에게 글 쓸 기회를 준 또 앞으로 기회를 줄 모든 의뢰인에게 감사의 인사를 전한다.

직업으로서의 대필작가

초판 발행 2024년 3월 20일

글 이재영
펴낸이 박정우
편집 박세리
디자인 studio 213ho
펴낸곳 출판사 시월
출판등록 2019년 10월 1일 제 2021-000135 호
주소 경기도 고양시 일산동구 문봉길62번길 89-23
전화 070-8628-8765
E-mail poemoonbook@gmail.com

ISBN 979-11-91975-21-5(03800)